U0684621

前黄英豪

QIANHUANG
YINGHAO

胡 敏 著

中国书籍出版社
China Book Press

图书在版编目(CIP)数据

前黄英豪 / 胡敏著. -- 北京：中国书籍出版社，
2022.1

ISBN 978-7-5068-8868-4

Ⅰ．①前… Ⅱ．①胡… Ⅲ．①纪实文学–中国–当代 Ⅳ．①I25

中国版本图书馆 CIP 数据核字(2022)第 021901 号

前黄英豪

胡敏 著

责任编辑	李国永
责任印制	孙马飞　马　芝
出版发行	中国书籍出版社
地　　址	北京市丰台区三路居路 97 号(邮编：100073)
电　　话	(010)52257143(总编室)(010)52257140(发行部)
电子邮箱	eo@chinabp.com.cn
经　　销	全国新华书店
印　　刷	成都兴怡包装装潢有限公司
开　　本	880 毫米×1230 毫米　1/32
字　　数	201 千字
印　　张	8.25
版　　次	2022 年 1 月第 1 版
印　　次	2022 年 1 月第 1 次印刷
书　　号	ISBN 978-7-5068-8868-4
定　　价	68.00 元

版权所有　翻印必究

赤血写丹心

章锦水

　　古山是一块革命的热土。这片土地曾经渗透着无数革命先烈的鲜血，曾经激起多少崇高的革命斗志与大无畏的创业精神。

　　作如上感慨的今天，已是我离开古山的十二年后，是我读完《前黄英豪》一书的想法。而在此之前，我虽履职多年，却重在关注此地的社会经济发展，而不甚了解古山的波澜壮阔的革命历史。此书一读，也算是补上了缺失的一课，也因此格外地珍惜在此地工作的那些年与那些经历过的往事。

　　书的作者胡敏是我曾经的同事。当年我这个古山镇党委书记兼市作家协会主席根本就不知道眼皮底下还有一个能写书的他，整个一"灯下黑"。只知这位不特别善言的乡镇干部熟悉农村工作，为人忠诚，作风踏实。想不到时隔多年，在纪念中国共产党建党100周年之际，他献出了一份厚礼——长篇革命历史小说《前黄英豪》，这是一个特别意外的惊喜。而在本书正式出版之前，其实我已有幸先读为快，因为根据此书改编的故事，某个电影公司已策划并拍摄了电影《前黄双英》，片名还邀请了中华人民共和国中央军事委员会原副主席迟浩田上将题写。目前，电影正在进行后期制作，相信不久将在全国电影院线上映。

作为本土作家创作的本土革命历史题材小说——《前黄英豪》，我自然会格外关注。赤血写丹心。对此，相信胡敏是下了苦功夫的，看得出他做了大量的历史调查，只有在掌握充分的史实前提下，才能演绎出这部作品。小说讲述了大革命时期永康中心县委书记李立卓与他的兄弟李立倚一门双英，为人民图解放，谋幸福，抛头颅，洒热血的英勇故事。通篇既有宏大而复杂的殖民地半殖民地中国社会变革背景的阐述，又有艰苦卓绝的中国共产党早年奋斗的叙事；既有以永康为中心的浙东革命组织铁血丹心的人物图谱展呈，又有以李氏兄弟为主角，引领一批革命先驱唤醒民众、组织民众、动员民众参与新民主主义革命实践的重点着墨。所涉地域耳熟能详，近而可达；所写人物真实存在，有血有肉；构建情节史迹可循，跌宕起伏；恪守信念坚定勇迈，壮怀激烈。特别是对李立卓对革命信仰的追求从迷茫到清晰，对革命道路的追寻从医药救国、教育救国、实业救国到革命救国推进的描绘，真实生动地反映了新民主主义革命时期一代共产党人的光辉历程。而前黄双英李氏兄弟是千万个中的代表性人物，具有很强的典型性。

小说的写作很有本土的特色。语言平实，时夹俚句熟谚，具有浓郁的永康地域文化特点；叙事从容，娓娓道来，具有一种较为轻松的阅读体验；场景感强，斗智斗勇，刀光剑影，具有一种引人入胜的情节安排；主旨高远，崇扬正念、信义与忠诚，具有一种很强的革命理想、政治信仰的教育意义。读后只觉荡气回肠，满满的正能量。

记得多年前，古山镇党委镇政府曾邀请我策划、编辑、出版过一本《古山历代名贤录》（第一册），当时我埋了一点伏笔，冀望能不断从历史与当下挖出文化的富矿，可以写作、出版第二册、第三册乃至更多。我想，《前黄英豪》一书或可纳入此系列，因为这本书还是一本革命历史的乡土教材。值此中国共产党建党100周年之际，镇党委镇政府高度重视此书的出版，此书出版具有深刻的政治意义、历史意义与现实意义。在即将付梓之际，镇领导及作者又嘱我写个前言，我似乎毫无理由推脱，所以匆匆写下了这些文字，无论妥否，权以为序。

2021.5.6 草于半壁山房

目 录
CONTENTS

第一章　县城求学　巧遇佳音

那是 1908 年的秋末，前黄。

江南农村的大忙季节已经结束，收成的好与不好都是一回事。

天气渐渐地冷了下来，晚上也来得越来越匆忙，村中的种田人早早地上床睡觉了，整个大地像死了一样。

黎明前，天又黑又静又冷，黑得伸手不见五指，分不出天上地下，也分不清东南西北，静得能听到昆虫的异动声，冷得鸟儿懒得出窝。

在一片乌云笼罩下的古山前黄村，是一个由上前黄、下前黄、寮基三个自然村组成的村庄，三个自然村连成一条直线，为东北—西南走势，东北头与桥头周相邻，整条线同东阳到永康的公路线平行，村的四周都是空旷的田野，无山体依傍，属于平地上突出来的一个村庄，虽有上百户烟灶，但这个时候也被淹没在茫茫的黑夜之中。

黑云压势城欲摧，黑夜中，村中的一个房子里闪出了一点十分微弱的灯光，有一个谜语：一粒谷挤破屋，也真是的，当顺着灯光找到这个砖木结构的房子时，不知是房子的密封性差还是光线的强劲，一束束光芒挤破了房子，洒出屋外来。

房里一张方桌上放着一只灯盏，灯盏是木制的，像一个篮球架的缩影版，篮圈上放着一个生铁铸成的小铁锅，锅上盛有菜油，一根棉线一头浸在油中，一头挂在锅外，灯光就是从挂在锅外的那一头发出来的，锅里的菜油源源不断地向外输出，让外面的灯光不会熄灭。

灯前文文静静地坐着一个小伙子，十六七岁，不胖不瘦，恰到好处，一身标准的体形，一头乌黑的长头发，一顺倒在后脑勺，拧成一股小麻花贴在后背上，一件青色的细布长袍丝毫没有一点折痕，平平整整，应该是新做的，床上还睡着两个弟弟，没有半点要醒的样子，床沿的一个小小包袱，透露出小伙子要出远门。

天还是没有发亮的意思，发光的棉线已经结了一根长长的灰炭，亮度开始发暗，小伙子只能用一根小竹签不断地拨弄结炭处，掸去炭灰，不让灯光暗下来。

小伙子叫李立卓，这次要出远门，其实也不是什么远门，只是到县城读书而已，但对他来说是人生第一次出这么远的门，未免有点小激动，一次次地站起身来趴在门缝上看着窗外，盼望窗外亮光的出现，能够早点动身赶路，圆一个读新书的梦想。

十二岁才上了前黄私塾的李立卓，由于天资聪颖，上学后不久就能写得一手好字，棋琴书画都会一手，深得先生的赏识。

先生在上课时经常会被他提出的问题弄得一团雾水，一次次只能微微低下头，眼珠子从老花镜上面往外看，一双绿了的眼珠盯着李立卓，回答不是，不回答也不是，先生沉默后，往往是一边毫无目的地翻着书，一边摇着头，先生的这些动作，李立卓有点丈二金刚摸不着头脑，不知道先生是赞许还是否定。

一天，李立卓放学回家，刚来到家门口，就能听到家里有人在嘀嘀咕咕地和父亲说话，听声音好耳熟，隐隐约约觉得是先生的声音。

李立卓站在远处，里面说什么也听不清楚，走近了，怕被父亲发现，父亲是一个有文化的人，思想进步，为人正直，热心公益，在四邻八乡都很有威望，也很爱面子，容不得自己或者家里人出现半点的差错。

先生突然家访，不知是祸是福，李立卓怕掉下树叶打了脑壳（胆小），一直不敢上前半步。

房里的嘀咕声没完没了，李立卓更加不安，犹如坐在针毡上，快下山的太阳特别的狠毒，火辣辣的，烤得脸上直冒油。

一直等到太阳掉到山后，父亲才打开门，送先生出门。

先生的身影在眼前一闪而过了，李立卓才忐忑不安地回到家，小心翼翼地望着父亲，等待父亲的消息。

父亲始终不吭声，似乎一直在考虑着什么，这样的表情延续了好几天，李立卓也跟着焦虑了好几天。

这样的日子终于过去了，父亲僵硬的脸上开始松弛了下来，找了个机会说："前几天先生来我们家，说你是一个很有天赋的好孩子，劝我让你去县城的高级小学读新书，将来会有所作为，我这几天考虑了很多，还是同意先生的建议，让你去县城读新书，不过你一定要争口气，读好书，有作为，为我们李家争光。"

这时的李立卓并不像其他孩子一样兴高采烈，激动得抱住父亲不放，而是默默地点了点头，暗暗地捏了捏拳头。

天开始泛白了，窗外已模模糊糊地看到一些实物，李立卓没有考虑外面还有磕磕碰碰的地方，匆匆忙忙背起了包袱，就告别了父母和弟弟妹妹，踏上了求学的道路。

李立卓整整走了一个上午的路，来到县城的学校已经是中午，报到后被学校安排到一个楼上住下，寝室是一个大通铺，好多人住在一块，邻床是一个叫叶苍的同学。

叶苍同学十分外向，有事没事喜欢往外跑，外面听到什么都要回校告诉同学们，所以同学们的好多信息都是从他那里得来的，后来同学们听他的信息多了，也就听厌了，一听一笑完了，而李立卓每次都是认真听，成了叶苍的忠实听客，久而久之两人就成了好朋友。

县城的新学校就是与农村的私塾不一样，先生除了讲国文，还讲数学、地理、历史、时事等等，李立卓大开了眼界，一下子懂得了很多很多。

1840年，英国等西方列强发动了鸦片战争，强迫清朝政府签订了《南京条约》等第一批不平等条约，使中国的社会性质发生变化，中国半殖民地半封建的社会开始形成。

1856年又发动了第二次鸦片战争，列强又迫使清政府签订了《天津条约》《北京条约》《瑷珲条约》等第二批不平等条约，中国的领土和主权开始丧失，半殖民地化程度进一步加深。

十九世纪六七十年代，中国资本主义的产生，中国的经济结构发生了变化，封建经济逐渐解体，同时中国经济也日益陷入了资本主义世界市场，中国经济呈现出半殖民地半封建经济的特征。

这时中国的边疆地区也出现了危机：

1883—1885年的中法战争，使民族的危机逐渐加深。

1894年爆发了中日甲午战争，日本政府强迫清政府签订《马关条约》。

列强对中国的经济侵略由商品输出为主发展到以资本输出为主的阶段，帝国主义掀起瓜分中国的狂潮，并走向联合，利益趋向一致。

1900年春，义和团运动成为八国联军侵华战争的导火索，以此为借口，八国联军以镇压义和团之名行瓜分和掠夺中国之实，侵华战争后，列强迫使清政府签订《辛丑条约》。

中国社会完全沦为半殖民地半封建社会。

中日甲午战争后兴起了戊戌变法、义和团运动，人民更加加深了对清政府是"洋人的朝廷"的认识。

孙中山组织了"兴中会"，誓言是："驱除鞑虏，恢复中华……"

1905 年"中国同盟会"应运而生，宗旨是："驱除鞑虏，恢复中华，创立民国，平均地权。"也以民族革命为其首要目标。

这时金华也成立了龙华会，誓词是："驱除鞑虏，万死不辞，若萌异心，神人共殛！"也涌现出一批具有民主革命思想的知识分子，使金华的革命面貌焕然一新。

孙中山领导的辛亥革命就是在这种形势下成燎原之势的，金华也具有革命高涨的形势。

李立卓了解到金华也有专门反帝反封建的龙华会，就找到了好朋友叶苍，并把叶苍拉到一个僻静的地方，扒着叶苍的耳朵说："听老师说，金华有一个叫龙华会的组织，会员已经很多，势力很强，是一个专门反帝反封建的组织。"

"对呀，你有什么想法？"

"国家遭到列强侵略，政府无能，有人牵头，我们应该积极参与。"

"是呀，你说怎么参与呢？"

"如果我们想法一致了，就找老师了解一下比较好。"

"这个事情我听你的，你认为是好事，我也一起参与。"说着两双还没有成熟的手紧紧地握在一起，心潮澎湃。

龙华会是一个以沈荣卿为首的反帝反封建组织。沈荣卿（1871-1943），字英，乳名荣姑，县城下园朱人，祖籍绍兴，少年时曾从师习武，稍长后，目睹清政府腐败，就萌发革命的思想，在永康组织"百子会"，后会同金华"千人会"首领张恭、武义的周华昌一起率众加入"终南会"。不久，终南会正会主卒于永康，副会主离开浙江，沈荣卿遂另开山堂，名曰"龙华会"，会名系应当时民谣："若要天下真太平，除非龙华会上人"。沈荣卿任会主，总部设金华，府属八县均设有分部，会员二万余人。

清光绪三十年（1904）二月，制订会章，发表《讨满清檄》，要"把田地改作大家共有财产，不准豪富们霸占"，要使"四万万同胞并子孙，安安稳稳享福有饭吃"。

会章中规定："若有别部山堂来归附者，均以藩属礼遇之，不直接统辖其党。"从而扩大了龙华会影响。

光绪三十一年（1905）八月，陶成章、徐锡麟等在绍兴创办大通学堂，沈荣卿应召参训，同时加入光复会。

次年，数次去杭州南屏山、白云庵等地聚会，策划反清举事，并引荐吕公望参加光复会。

光绪三十三年（1907）春，沈荣卿随带心腹吕阿荣到大通学堂会见秋瑾，推荐吕阿荣加入了光复会。

为使分散各地的会党纳入统一行动计划，沈荣卿旋即引介秋瑾去诸暨、义乌、金华、兰溪等地联络革命。

7月，徐锡麟和秋瑾相继遇害，以后，沈荣卿由俞炜资助，暂避缙云仙真寺。

后因泄密遭清军追捕，幸得僧人掩护，辗转到绍兴安昌镇隐居。

数月后，沈荣卿即折回永康、武义一带，重聚旧部，准备再起。

光绪三十四年（1908），沈荣卿到上海参加革命党集会，由于叛徒出卖被捕，后经党人多方努力获释。

宣统三年（1911）九月，沈荣卿在永康、缙云、仙居一带聚集队伍，准备举事。

11月5日杭州光复，沈荣卿曾应邀到浙江军政府任职，不久觉察到革命队伍中意见分歧、封建官僚杂混其中，就辞职回乡。

沈荣卿退隐后，在家不遗余力从事慈善事业，西津桥遭洪水冲塌，沈荣卿即变卖祖业，发起重修，遇有垂危病人，即解囊相助，全包药费，并亲自行医，遇有灾民，即尽力赈济。

一次，永康赈济会拍下沈荣卿施粥的照片，当他发现自己衣衫褴褛杂在乞丐行列之中难辨难分时，即仰天大笑，叹曰："天下贫苦人多，我何独乐为!"沈荣卿死后，墓葬城南野马岭。

李立卓发现老师就是龙华会的会员时，就与叶苍三番五次地找到老师，要求介绍加入龙华会。

老师被他们的信仰所感动，经过多次考察，认为是个好苗子，就愿意介绍他们加入龙华会组织。

龙华会时不时地秘密组织一些进步的学生、会员进行活动，请一些同盟会的大佬作一些革命的演说，李立卓和叶苍一次次听了革命的演说后，心情激荡，热血沸腾，坚定地接受了进步的革命思想，积极宣传反清排满的民族革命，带头剪掉辫子，宣传改头换面剪辫子，女人大步走路不再缠足，婚姻自主，一夫一妻。

从此，李立卓和叶苍都成了宣传新思想的积极分子。

李立卓埋下了革命的火种后，对自己的未来会作如何选择？且看下一章。

第二章 报国心切 省城深造

那是 1911 年夏天，湘、鄂、粤、川等省爆发保路运动，运动在四川省尤其激烈。

9 月 25 日，荣县宣布独立，成为全中国第一个脱离清王朝的政权，把保路运动推向了高潮。

10 月 10 日晚，新军工程第八营的革命党人打响了武昌起义的第一枪，汉阳、汉口的革命党人分别于 11 日夜和 12 日攻占了汉阳和汉口，起义军掌控武汉三镇后，湖北军政府宣布成立，改国号为"中华民国"。

武昌起义胜利后短短两个月内，湖南、广东等十五个省纷纷宣布脱离清政府独立。

1912 年 2 月 12 日清朝发布退位诏书，至此有 2132 年历史的帝制宣告结束，中华民国建立。

这天正是农历一九一一年的十二月廿五，临近春节，农村已经出现了传统节日的氛围，前黄也一样，按照当地的风俗，到了这个时候，外出的游子不管在哪里，不管有没有成功都要回家过年了。

前黄村是一个不小的村庄，地地道道的农业村，大部分是佃户，租种邻村古山、桥头周和西炉的田，只有李立卓的父亲李良央及三两农户有点土地，其实也不稳定，年丰的时候还能凑合一家人的口粮，碰到荒年还是要饿肚子，所以也需要租种地主的田地来补充，还好李良央是私塾的先生，每月还有几块大洋贴补家用，生活水平在村里还算一个过得去的家庭。

农历十二月廿五，农村传统是石臼麦磨的生日，这天不但不能使用它，连当凳子坐一下，长辈也会出来指责，意思是忙碌了一年的石臼麦磨也要停工休息了，何况是人呢？别人家的外出客都已陆陆续续地回家与家人团聚，李立卓算是村里少有的读书人，回家过年也算是荣归，李良央一家人心里想着也是美滋滋的，自然也准备了一些儿子喜欢的食品，迎接儿子的归来，弟弟立存、立倚和妹妹都一次一次地来到村口，盼着哥哥回家。

等人的时间就是长，等了一天的一家人始终没等到要等的人。

天黑了，一家人也就关上门，开始吃起了晚饭来。

晚饭没有干饭，尽是稀的加粗粮，一家人五六口，没有说话的声音，别说是说话，就是喝稀的声音也没有。

饭到一半，关着防风的门被打开了。

安静的房子里突然有开门的声音，把一家人吓了一大跳，随后李立卓在门口拍了拍身上的、跺了跺脚上的雪花走了进来。

没等李立卓和家人们打招呼，正在吃饭的一家子人好像一下子被外面进来的冷空气冻住了，个个成了泥雕塑，新组成的雕塑群目光清一色地射向了李立卓。

没有反应过来的李立卓还低着头检查自己的身上，以为自己有什么地方不检点。

李立卓抬起头来，父亲李良央用两根筷子指着李立卓的头，急得一时说不出话来，举起筷子的手激烈地颤抖着，这时李立卓才反应过来，是因为自己剪掉了辫子。

"你怎么可以随便地剪掉辫子呢？"一向不会指责儿子的母亲

也看不下去开口说话了。

"喔，这是新潮流呀，今后你们女人也可以不用缠足了。"李立卓满不在乎地回答着。

"好看，好看。"妹妹僵硬的脸松动了，并拍起了手来。

"我觉得哥哥这样挺神气的。"弟弟李立倚也半松动脸开起口来。

"闭嘴，有吃的还堵不上你们的嘴。"父亲似乎十分生气，但又好像发不出来。

"先坐下来吃饭。"

这样，本来一顿盼望已久的团圆饭一会儿就草草地收场了。

李良央知道，中国人千百年来受儒家思想的熏陶，认为身体发肤受之父母，不可毁弃，就是说人的每一根头发都是父母赐予的，随意毁坏就是大逆不道，儿子这几年在县城读新书，接触了不少的人，也接受了不少的新思想，剪掉辫子是革命的意思，别说是左邻右舍的嘴婆娘，就是自己都一下子难以接受。

兄弟姐妹突然聚在一起，有说有笑，分外亲切，李良央尽管心里有说不出的难受，但也不忍心扫他们的兴，强压着心里的烦恼，坐在一边，心不在焉地看着孩子们的嬉闹。

李良央躺在床上翻来覆去就是睡不着，立卓再过几天就是二十岁了，已长大成人，应该考虑前途和婚姻的事了，他自己还不当一回事，作为我们长辈也应该有所计划，读了四年的私塾，又四年的新书，也算是个读书人，尽管孩子聪明，但出生在这样的世道又有什么用呢？多年来，自己也做了私塾先生，薪酬不多，但还算稳定，应当考虑让他也到私塾当个先生。

第二天，李立卓习惯地早早起床，几个弟妹一听到哥哥已经起床，顾不得被窝的温暖，也起来了，在阶沿围着哥哥讲外面的新鲜事、历史典故。

一个讲得精彩，几个听得认真，不多久，邻居的孩子都过来听故事了，李立卓越讲越入题，越讲越精彩，似乎有讲不完的故事。

还好邻居对李立卓剪辫子也没有多大的反应，也许认为他是个在县城读过新书的人，这是一种新的潮流，农村人叫作洋气，李良央也把悬着的心慢慢地放了下来。

随后一次次地观察李立卓，一次次地想打断他，把自己想说的话说出来，但总是找不到机会。

"儿呀，你也读了不少的书了，就在私塾里做个私塾先生，混口饭吃，到时娶个媳妇过日子吧。"李良央在吃饭的时候找了个机会把话说了出来。

"这不是我的理想，我还是想上学。"

"都几岁了还上学，人家的同龄人都已经做父亲了。"

"我和他们不一样，已经读了这么多年的书，如果放弃就前功尽弃了。"李立卓犟着。

"做个先生已绰绰有余了，况且你还读过新书，论知识你应该远远超过了我。"

"我还想到省城去读。"

"什么？"这时李良央大吃了一惊。

"现在辛亥革命推翻了封建王朝，建立了中华民国，百废待兴，国家需要大量的人才，我要学更多的知识，为新的国家做出更大的贡献。"

此时的李良央陷入了深深的思考之中，儿说的确实有一定的道理，也相信儿的聪明才智，自己也一直教育别人要让孩子多读书，这话现在该自己听了。

"书是黄金，知识是宝，大家要读书，读书求知识，能使人变得聪明。"这是自己常说的一句话，现在儿子有这种读书的欲望，作为长辈理当支持，没有反对的理由。

李立卓睁圆了大眼等着父亲表态，母亲和弟妹都一直凝视着父亲看他怎么说。

"你确实长大了，读的书也比我多，你讲的我也懂，当然也是我希望的，但我有这么大的一个家，一时半会儿拿不出这么多的学费供你继续读书。"父亲李良央有点为难。

"他有这个要求，让他去吧，拿你的薪水供他读，我们可以多种点菜，多种点粗粮，肚子是勒一勒裤带就过去了。"母亲虽没文化，但也是一个明白事理的人，多少年来受父亲的潜移默化，也知道学文化的重要，表示支持儿子的选择。

"还有这么多的孩子要吃饭，要穿衣。"父亲环视了一下坐了一圈的孩子还是一副为难的样子。

"我们支持哥哥上学。"几个弟妹几乎是异口同声地说。

"我们生了他们就是我们的孩子，一根草就会有一点露水，一个人就会有一条生路，先过了今天，明天的事明天想办法。"母亲还是坚持着先眼前的观点。

"你们真的都支持哥哥去读书?"李良央似乎还有怀疑又认真地问了一次。

"支持，支持。"在座的不约而同地赞同。

"那好。"父亲再次表态。

李立卓迅速地站了起来，面对父亲深深地鞠了一个躬。

"但是，"父亲把眼睛睁得大大的瞪着大家，重重地吐出两个字，并用手指逐个指了一下，"你们这些兔崽子，净做好人，让我来做恶人，接下来你们就做好挨饿受冻的准备吧!"

一家人都露出了久违的笑声，当然这也是父亲需要的答案，只是父亲说不出而已。

过了年，李立卓满怀喜悦地踏上了去省城杭州安定中学读书的路。

杭州的安定中学就是现在的杭州第七中学的前身，创建于清光绪二十八年（1902年），中华民国元年（1912年）改名为杭州私立安定中学校，1923年更名为杭州私立安定初级中学，抗战时，先迁诸暨次坞，再迁象山墙头，后迁缙云壶镇，辗转千里，弦歌不辍。1939年学校招收高中生，改名为"杭州私立安定中学"，1945年回迁杭州，1956年2月，转为公立，更名为"浙江省杭州第七中学"，一直沿用至今。

到了农历六月，是一年当中最热的季节，水稻正在分蘖，农民青黄不接，往往是吃了上顿没有下顿的时候，当然也是农民看到收成的时节，这也许是黎明前的黑暗时期吧，李良央从正月开始忙，忙了私塾忙田头，既盼着学生的进步，也盼着田头的好收成，同时更盼着李立卓读好书，衣锦还乡，光宗耀祖。

也就是在这个时候，李立卓却背着铺盖回家了，并告诉父亲他休学了。

李立卓雄心壮志要继续求学，什么原因突然选择休学？且看下一章。

第三章　国家变故　选择休学

那是 1911 年 10 月 10 日，武昌起义爆发后，帝国主义和国内大地主大资产阶级一致认为，只有重新起用北洋军阀首领袁世凯，才能挽救他们在中国的垂危统治，一时间形成了一股"非袁莫属、非袁则亡"的反动舆论。

在帝国主义的压力下，面对革命党人的起义一筹莫展的清王朝，被迫于 10 月 14 日任命在河南彰德"养病"的袁世凯为湖广总督，前往湖北"剿杀"革命。

擅长玩弄反革命两面派手法的袁世凯则利用革命的声势迫使清王朝让出全部实权，又以一打一拉的手段，诱使革命派妥协，最后取消南北两个政权对峙的局面，由他建立统一的全国政权。

袁世凯利用清廷被迫再次敦请其"出山"之机提出：明年即开国会、组织责任内阁、宽容参与此次事变诸人、解除党禁、授予指挥水陆各军及关于军队编制的全权及十分充足的军费等六条要求，实际就是要清政府交出军政实权并用以讨好、迷惑革命派。

在革命迅速发展的形势下，载沣被迫再次让步：

27 日，任命袁世凯为钦差大臣，授予指挥水陆各军的全权。

30 日，宣布解散皇族内阁，解除党禁，命资政院立即起草宪法。鉴于这种形势，取得实权的袁世凯即从彰德南下，进驻湖北孝感，命冯国璋攻汉口。

11月1日，命袁世凯为内阁总理大臣，全权组织责任内阁，这时南方各省相继起义，北方陕西、山西宣告独立，第六镇统制吴禄贞暗与山西都督阎锡山会晤，组织"燕晋联军"以攻北京，并下令扣留经石家庄南运之军火，上书清廷主张停战。

11月4日，袁世凯又派人在石家庄刺杀了吴禄贞，接着，在回北京组织内阁的同时，通过英国驻汉口总领事向黎元洪正式提出"和议"问题。

11月28日，按照袁世凯的命令，清军攻陷汉阳，但并未渡江，只是在龟山上架起大炮向武昌进行轰击，同时，袁世凯又通过英国驻汉口领事再次向革命党人提出停战和谈的建议。

在袁世凯的武力威胁下，在汉口召开的各省都督府代表会议同意和谈，并决议只要袁世凯反正，就公举他为临时大总统。

11月18日，南方独立各省代表伍廷芳与袁世凯的代表唐绍仪在上海正式开始议和谈判，双方争论的焦点表面上是实行民主共和还是君主立宪的问题，实际上则是选举袁世凯为民国临时总统的问题，同会议上的谈判相配合，帝国主义以及立宪派、旧官僚，甚至相当一部分革命派，一致起来逼迫以孙中山为首的革命者向袁世凯让权。

1912年1月15日，在内外压力下，临时大总统孙中山明确表示："如清帝退位，宣布共和"，即让位于袁氏。

袁世凯在得到南方的确切保证后，便掉转头来逼迫清帝退位，一些皇族亲贵组织宗社党，企图做垂死挣扎，但已无能为力。

1月11日，袁世凯以清帝溥仪退位电告南京临时政府，并宣布赞成民主共和的政见，表示"永不使君主政体再行于中国"。

在清帝退位诏书中，袁又擅自添入"即由袁世凯以全权组织临时共和政府，与民军协商统一办法"等语，暗示他的政权系由清室递嬗而来。

对此，孙中山虽予驳斥，但仍在 13 日向临时参议院提出辞职咨文，推荐袁世凯接任临时大总统。

1 月 15 日，临时参议院选举袁世凯为临时大总统，选举黎元洪再任副总统。

为了维护资产阶级共和制度，孙中山在辞职咨文中特提出三个附带条件：

（1）临时政府地点设于南京，各省代表议定，不能更改；

（2）辞职后，候参议院举定新总统亲到南京受任之时，大总统及国务各员乃行辞职；

（3）《临时约法》为参议院所制定，新总统必须遵守，颁布之一切法律章程，非经参议院改订，仍继续有效。

这三项条件中的第一、二两项是企图把袁世凯调离他经营多年、实力雄厚的北京，第三项则是企图用资产阶级的宪法来约束袁世凯。

1 月 18 日，为促袁南下，孙中山电告袁：决定派教育总长蔡元培为迎袁专使，偕同魏宸祖、宋教仁、汪精卫等前往北京迎袁来宁就职。

1 月 27 日迎袁专使抵京，袁世凯不愿离开他经营多年、有着雄厚基础的北方，前往革命派力量较强的南方。

1 月 29 日，驻北京的曹锟所属第三镇北洋军奉命哗变，其士兵在东城和前门一带纵火焚烧，当夜北京市民数千家惨遭焚劫，变兵们甚至持械闯入迎袁专使的住所进行威吓。

3 月 1 日，变兵又继起，大掠西城。接着通州、高碑店、长辛店、黄村、三家店、保定、天津等地也相继发生兵变，洗劫居民店铺，这时袁世凯又函请英国驻华公使朱尔典"设法维持北京之秩序"。

3月3日各国军队700多人列队出现北京街头，随后各国又分别从哈尔滨、山海关、旅顺、天津、青岛、香港等地增调军队入京，总数达3000人。

段祺瑞等乘机再次发表通电："临时政府必应设于北京，大总统受任暂难离京一步，统一政府必须旦夕组成。"黎元洪也危言耸听地通电各省："舍南京不至乱，舍北京必至亡。"

在此形势下，1日、2日，迎袁专使蔡元培等分别致电孙中山和南京临时参议院，表示"速建统一政府，为今日最重要问题，余尽可迁就，以定大局"，主张"改变临时政府地点"，在一片"迁就"声中，孙中山只好再次让步。

这样，由于资产阶级革命派的妥协退让，在帝国主义的支持下，袁世凯终于窃取了辛亥革命的成果，在中国重新建立了大地主大资产阶级的专政。

李立卓认识到：孙中山提出的民族、民权、民生只完成了一个，袁世凯窃取了辛亥革命的成果后，在中国重新建立了大地主大资产阶级的专政，要完成另外两个必然有一定的局限性。

从鸦片战争开始，中国一步一步沦为半殖民地半封建的国家，辛亥革命的一声炮响，给中国人民带来了新的希望，一下子又被袁世凯窃取了，中国又原地踏步。

认识到了落后要挨打的道理，缺少人才是国家落后的原因，胡适、蔡元培等所提出的教育救国是中国摆脱落后、防止挨打的有效方法，作为一个有知识、有文化的青年理应先站出来，从娃娃抓起，从乡下抓起，已刻不容缓，早一天开始抓就早一天出人才，就早一天不受外国列强的欺负，中国人民就早一天站起来。

李立卓认识到这些后，就与其他有志的同学一样选择休学，早日投入拯救中国的行列。

李立卓休学回家后，究竟有什么打算？又会碰到什么困难？且看下一章。

第四章　教育救国　一场春梦

那是 1912 年的下半年，前黄。

李立卓休学回家后，白天帮着父母下田劳作，晚上在油灯下还是忙着，碰上农闲或下雨天就出去会一下朋友，当时的朋友也只有在永康读书时的同学。

光阴似箭，日月如梭，转眼就到了秋收冬种的时节，这个时候是白天短，晚上长，每天出工转眼就到了收工的时间，田头的活总有干不完，作为农夫不到天黑就舍不得回家，干活时也必须特别的用功，往往一回到家个个筋疲力尽。

父亲李良央是一个不干体力劳动的人，总是干样生活换样骨，每做一样农活都会有一个酸痛的过程，只要一踏进家门槛就会找个地方躺下来接接力气。

母亲回家就不能这样，尽管是一双裹过的小脚，上身重，下身轻，触地点少，支撑力度不够，站着特别的费力，回到家还要烧饭、洗衣、带孩子等家务事，当然这个饭并不是把大米放进去就可以坐下来烧熟为止的这种米饭，大多是玉米粉做的食品，为了一家人能咽下三寸的喉咙，还需要变着花样做出各种食品来吃，往往是灶前忙一阵，炉前忙一阵，烧的柴火尽是一些稻草，转眼就变成稻草灰，既要加草，又要退灰，做一顿简单的饭总是要忙得像灭火一样。

这段时间，李立卓一直帮着坐在炉前烧火，但动作总是像机器人一样，心不在焉，机械地往里加稻草，又定时地把里面的稻草灰扒出来，脑子里一直想着如何劝慰父亲，总觉得父亲突然间苍老了许多，一回家就躺在竹椅上，像烂泥一样，看不出是睡还是醒，自从休学回家后，两人一直没有正面说过话，也难怪的，起初是不让他出去上学，安排他在家找个事干，然后娶妻生子，过个安稳的日子，在他的坚持下，后来还是勉强同意让他去上学，父亲的这样一个转化不知损失了他多少个脑细胞才能扭过弯来。

母亲锅灶前的工作完成后，撩起围裙麻利地擦了一把手，就到炉前拍了立卓一下说："这里我来，去叫父亲可以起来吃饭了。"

李立卓仰起头与母亲对了一下眼，母亲会意立卓的意思，说："没事的，他是长辈，有气没消，你不能怪他，当初不让你去上学你非要去，有好长一段时间他就是转不过弯来，后来他的朋友知道他有一个在省城读书的孩子，纷纷夸他有眼光，教育的孩子有出息，他才接受下来，精神才有所好转，平时教授孩子，一回到家就到田头，好像有使不完的劲，正在这个时候你又唱出了这档子戏，他是装进棺材还要打扮（死要面子）的人，你给他在朋友前丢尽了面子，打击太大了。"

"母亲，我真的对不起你，更对不起父亲。"李立卓说着泪水已充满了眼眶，站起来后就抬起头，尽量不让眼眶里的泪水流出来出丑，然后走到父亲的跟前轻轻地拍了拍父亲的肩膀说："父亲，我对不起你，饭好了，起来吃饭吧！"

父亲睁开眼睛斜看了一眼又闭了回去，其实父亲没有睡着，只是一肚子的气还没有咽下去，也没有发泄出来而已。

李立卓弯下腰拉了父亲一把，父亲也终究是一个有修养的人，知道父子之间不能老是这样僵下去，否则对谁都没有好处，也就借梯下楼，边起来边说："你这个不争气的东西。"

父亲的腰板真的有点硬，李立卓没有说话，把他扶到桌边坐下，并给他递上了碗筷。

这时的父亲一边拿起碗筷一边说："你这样猢狲翻跟斗一样，忽上忽下，让我心脏怎么接受得了，你准备去干啥？"

李立卓看父子关系有所缓和，认为是一个很好的切入点，就说："父亲，我有一个想法不知对否？"

父亲没有回答，只是马上放下碗筷，一双常瞪着学生的眼睛瞪着李立卓，特别有神，似乎是否认，也似乎是等待下文。

"我想在家乡办一个学校。"李立卓小心翼翼地说。

"村里不是有了吗？你再办一个学校是什么意思？"

"我是想办一个新式的学堂，像西方一样教授学生学习自然知识，科学知识。"

"好了，好了，中国几千年的教育精华你说改就能改的吗？"没等李立卓把话说完就被父亲打断了。

"就是因为中国几千年来的之乎者也，灌输的都是封建的思想，所以会受到外国列强的欺负，如果我们教授一些自然历史、科学的知识，培训一大批人才，我们国家也会强起来，外国列强就不敢骑在我们的头上欺负我们了。"李立卓越说越兴奋。

"就凭你？"父亲怀疑地问。

"不是凭我，是凭我们，是我们大家！"

"我们？我们一个小小的前黄？"父亲还是一个怀疑的态度。

"那些国家的有用之才都是我们乡村走出去的，都是从小娃娃中培养起来的，我们就是要从乡村抓起，从娃娃抓起，尽管成不了栋梁，也能成为一个能手，我们现在的农村，如果有一大批人掌握科学种田的技术，也不至于干得这么辛苦还填不饱肚子。"

李立卓的一通话，父亲虽然是一个开明的人，但一时还是一团雾水，"读了几年书就说出这种大话来，是不是在做梦？"

"这不是做梦，你出去过就知道了，我读了几年书不会白读的，你相信我，我也是一个成年人了。"李立卓恳求着。

"就算相信你，你用一双空手掌就可以办吗？"

"要不用你的私塾改办？"李立卓听父亲口气已经有所动摇，就想直接切入真实的想法。

"别想太多，我同意，其他的人会同意吗？"

"那你先征求一下他们的意见。"

"你等等吧！"

李立卓不知道父亲的这个"等等吧"是什么意思，看着父亲虽还没有吃饭，但是态度明显地有所缓和也就想借机先下台，就说："好吧，饭凉了，先吃饭。"

后坑底村在后塘弄的北面，是一个较小的村庄，一百多人口，由于村小，一直办不起学堂，村中祖辈都没有上学的机会，一个偶然的机会李立卓听到村中有一个人说起，就给他出了一个主意，让组织几个孩子，聘请一个教师进行教授。

当时那个人真很有心，也许是村中的人求学心切，真的没几天就组织了几个求学的孩子，并筹集了钞票等待先生前来教授。

生源有了，钞票有了，但请起教师来还真是有点困难，一个自身没有文化的人，怎么会认识有文化的教师呢？不知所措的那个人在没有办法的情况下还是找到了李立卓，当然他也知道李立卓是从省城的学校里出来的，是个见过大世面的人，根本不会看上这样一个小地方，意思只是想请李立卓帮忙介绍一个教师过来。

其实李立卓也没有这个路数，偶然认识一个也不愿意去这样一个小地方教授这么几个学生。

在这样的情况下，李立卓考虑到一是自己帮助出的主意，二是几个学生也是学生，也需要教育，如果这样黄掉就会伤了这几个学生和家长的心，还是自己先答应下来，承担这几个学生的教育工作。

后坑底人听到这个消息开心死了。

等过了年，李立卓就到后坑底当起了教师来。

球溪坑的下徐店村是一个大村，1913 年办了一个初级小学。

由于村大，生源相对较多，当这个学校知道李立卓是一个很有才气的教师，在省城上过学，思想较进步，又有教授孩子的意愿，现在一个小村里教几个学生，有点杀鸡用牛刀、大材小用的味道，就三番五次地上门，请李立卓到下徐店当教师。

李立卓觉得下徐店小学更加适合他的理想要求，就在次年前往任教。

学校不但开设了国文，也开设了自然、地理和社会等科目，在上课中李立卓往往会用很多的篇幅讲解孙中山的三民主义，教育救国的思想，讲述我们国家挨打是因为外国列强有了优秀的人才，能造出先进的武器，而我们的人都受封建思想的束缚，造不出先进的武器，打不过外国人，我们要强起来，就要我们学好文化知识。

一时间，学生听了他的课后进步不少，懵懵懂懂地知道一些基本的道理。

李立卓有了自己认为理想的目标后，除了教授好学生外还常常回家下田劳作，在劳动中与父亲有了更多的交流，父子关系也得到了改变。

天气开始转凉，田头的农活也少了，只要碰上学校休息，李立卓的父亲李良央也就有机会坐下来静静地看会儿书，家里房子不大，光线也不好，一张方桌放在窗户的边上，李良央拿着一本书，把文字一面朝向窗户，向外借光，歪着脑袋聚精会神地读着。

不知道妻子是怎么回来的，待妻子一只捏着的手出现在桌子上，然后慢慢松开，露出一把糖果、爆米花和染过色的生花生时才反应过来，就放下了书本，看着桌子上的一堆果子，脑子还在书本上没有反应过来，静止一阵后，抬起头瞪圆了眼看着妻子，等待妻子的解释。

妻子见老公开始注意到自己的行为就说："人家儿子娶媳妇分糖了。"

"人家儿子娶媳妇和我有什么关系。"李良央没有明白妻子的意思。

"与我们没有关系，但与我们的儿子立卓有关系，都是同龄人，凭什么人家的儿子要成家了，我们的儿子连个影子都没有，你这个做父亲的是怎么做的。"

"皇帝都不急，我们做太监的有什么好急呢！"

"让孩子怎么急？这种事还不是应该我们长辈掌舵，先张罗起来。"

"你说该怎么张罗，你说吧。"

"我想今年手头也宽裕一点了，自家不是村南有一块地吗，在那里建几间房子，总不能让儿子在天公底下娶媳妇吧。"

"对呀，这个我怎么没有想到呢？可是我们现在有钱竖屋吗？"

"自古以来都说，竖屋就有竖屋运，有什么好发愁的，真是好愁不愁，愁个六有没日头（太阳）。"妻子说话这么有底气，是因为手头已有了点积蓄，到年底父子两个都会拿薪水回来，最坏就是再借一点，竖几间屋不会有多少难题。

李良央听妻子说话这么有底气也开始动心，就连抓了两颗桌子上的爆米花放到嘴里，边嚼边说："这块地确实是一块竖屋的好地方，只是属于我们兄弟几个共有，我得同他们商量一下，征求他们的意见，是否可以先方便给我。"

"做事不要唱一头丢一方，趁热打铁。"妻子又提醒了一句，说着就走开忙去了。

李良央当夜就找到兄弟进行商量，几个兄弟都认为这块地是一块风水宝地，要竖屋都想搭一脚，最后商定兄弟几个合建一幢像样的四合院。

人心齐，泰山移，兄弟几个齐心协力，用不了多少时间，前黄村的南面就出现了一幢由二十间房子组成的四合院，村中的人就都叫"廿间头"。

廿间头青砖青瓦，木质结构，东南西北有六个进出的大门，分开两幢拼在一起，阶沿互为相通，即使是下雨天，户与户之间串门也不会踩到湿地，既考虑了通风，又考虑了消防，楼上间间相通，一遇到有事，只要一上楼就不管哪家都可以出来，是一幢十分平安的房子，也似乎建造时就为以后的打游击做了准备，当然，也许有了这个条件才有后来的革命的中心。

村中竖了这么大的一幢房子确实很起眼，路过的人也会抬头看一眼。

廿间头善后的工作还没有完工，就有说媒人过来要为李立卓说媒，最后介绍了杏里村陈尚珍的女儿陈宝花。

陈宝花这姑娘小李立卓一岁，家庭条件胜过李立卓家。

也就是在这年，李立卓和陈宝花在这幢廿间头的新房里结了婚。

在闹新房时，李立卓高兴，先来一曲京剧助兴，然后再来一曲《三娘教子》，况且能唱出老管家、三娘和小东家三个人的不同声腔，引得闹新房的人一阵阵地喝彩。

民国五年（1916）正月的最后一天，李立卓的第一个儿子出生了，一家人沉浸在一片欢乐之中，几个有文化的家中成员争论着给新出生的儿子取名，最后还是刚做爷爷的李良央取的名字获胜，取了一个"豪"字，"昌"字辈，就叫李昌豪。

李立卓还沉浸在得子的喜乐当中，下徐店学校派人送信过来说："学校有急事，叫你火速回校。"

李立卓没有问明事情的原委，就匆匆地往学校赶路。

回到学校，学校里冷冷清清的，没有一点要开学的样子，几个教师静静地站着，一点表情也没有，问了一圈才知道是过了年后，由于气候的变化，好多孩子都得病不能及时回校读书，干脆有学生的家长提出了要休学，如果是这样的话学校就有可能无法办下去。

李立卓就安下心来，连家也顾不上，不分昼夜逐个上门去了解情况，但是工作不好做，原因是去年收成不好，现在是青黄不接，填饱肚子都已很困难，还哪有心思读书，由于缺衣少食，营养不良，不是家里人生病，需要照顾，就是本人生病，无法上学。

李立卓觉得光有满腔热情还是不行，要学知识还必须先有一个强壮的身体，只有医好身体上的病才能学好文化知识。

接着，李立卓就找来医学的书籍，研究起医治小儿病的技术，考虑到病人的经济条件，即使开了药方也会买不起药的实际，就专门研究针灸和推拿的技术，后来确实医好不少的孩子，还成了附近一个小有名气的儿科医生。

李立卓认为这样就会改变下一代的思想观念，就会把孩子培养成国家有用的人才，万万没有想到，医好身体上的病，却始终医不好心灵上的病，仍然是一群被剥削被压迫的奴隶。

李立卓进行了深深的反省：教育救国，只看到教育可以培养人才，而忽视了教育培养出的人才是不能真正成为有用的劳动者，以为医药也可以救国，一个人只要有好的体格，加上教育就能成为一个国家的栋梁，就会挽救我们的国家，看来一个人要发挥聪明才智也是需要条件的，如果政治上腐败、分配上不公、用人上不当等社会制度上的弊病，就是培养了人才也会被扼杀，即使人才也会成为废物，教育救国也只能是教育护国，延缓旧制度的衰亡。

"无知—贫穷—健康"这样一个循环圈，不知哪个是主要的因素，教育和医药都不能摆脱这个循环圈。

李立卓教育救国、医药救国的希望破灭后，又碰到了什么？且看下一章。

第五章　实业救国　一蹶不振

那是 1919 年上半年，第一次世界大战宣告结束后，英、美、法、意、日等战胜国在法国巴黎召开"和平会议"。

中国的代表在会上提出废除外国在中国的势力范围、撤出外国在中国的军队和取消"二十一条"等要求，遭到了西方列强的无理拒绝。

会议竟规定将战前德国在中国山东获得的一切特权转交给日本，而中国的北洋军阀政府居然准备在这样的合约上签字。

消息传出后，举国愤怒，中国人民长期积压在心头的对腐败政府的强烈不满和对西方列强的民族仇恨，就像火山一样喷发出来。

5 月 4 日，震惊世界的"五四运动"爆发了，运动的浪潮很快就传到了永康。

6 月，在杭州读书的潘春美、吕金盎、田友秋、潘兴等人回到永康，当时永康中学和永康女子师范的学生就联合成立了爱国会，并选出应炳文、楼彦伦为会长，组织会员上街用讲演、散发传单、罢课等形式进行宣传反帝反封建思想，宣传抵制日货、保护本国产业、与日绝交，然后把宣传队分成 50 个小队，5 至 6 人为一小队，分别到乡下的芝英、古山、桐琴、象珠、四路口、桥下、唐先、清渭街、派溪、石柱、舟山等地进行宣传。

芝英的培英学校积极响应，组织高年级的学生，自备膳食，分别到溪岸、胡库、油溪塘进行宣传，学生们的宣传活动得到十分强烈的反响。

接着，爱国会又组织了检查队，明确了任务，为了保护国家的民族工业、抵制日货的倾销而进行查扣，并进行销毁。

检查队分成十个小队，分别在交通的要道进行检查，一旦查出日货，也就是带"洋"字的如洋火、洋肥皂、洋油、洋布等一概销毁，使日货不敢进入永康。

迷茫中的李立卓又看到了新的希望，一直以来，永康的民众生活在十分封闭的环境中，过着贫穷落后的生活，尽管社会一次次地萌动，仍然是麻木不仁，甘愿受穷受压迫，这次运动对永康是一个很大的震动，震醒了不知多少民众。

吕金禄是李立卓的姐夫，塘头人，思想开明，头脑灵活，家底比较殷实，喜结交朋友。

方承统，四路口人，是吕金禄最要好的朋友，平时三天两头碰个头，家长里短无所不聊，有好事从来不忘记朋友，有不称心的地方也必找朋友来倾吐。

下半年，田稻已经上岸，粮食该归仓的已归仓，该交的也已交，不下田的人已仓满盆满，下田劳作的人不需要仓和盆，方承统属于前者。

"金禄，好机会来了。"方承统一来到塘头，跨入吕金禄家门口的第一句话就是报告好消息。

"这种社会有什么好消息？"吕金禄见老朋友光临自然高兴，只是习惯了不当真，边准备茶水边反问。

"你这个人，三步门外不出，有好消息也不知道，就是天上掉馅饼也捡不到。"方承统还是充满阳光地说。

"让你先捡吧，吃不完剩我一点汤吧。"

"你这个人就是这样，外面的风向一点不看，现在都在闹运动，全国都在保护民族工业，抵制日货，要把带洋的日货统统销毁，我们的机会不就来了吗？"方承统说着就端起茶杯呷了一口，并看着吕金禄的反应。

"是真的？"此时吕金禄才把方承统说的话当做一回事。

"当然是真的，我什么时候骗过你？"

"那你有什么打算？"

"让你掏钱吧。"方承统说完还是一边吹着茶水上浮着的茶叶，一边斜着眼观察吕金禄的表情。

"你能看上我的几个小钱？"

"我是看不上，但有一个生意看上你的口袋，怎么样？合伙干？"

吕金禄一时没有反应过来，整个人好像突然凝固了。

"现在洋货都赶出去了，火柴是我们每天要用的，杭州有个火柴厂，生意十分红火。"

"这和我们有什么关系？"

"我问你，火柴盒用什么做的？"

"木头。"

"杭州有木头吗？"

"没有。"

"这不就得了吗？"

"你意思是我们给杭州火柴厂做火柴盒？这事不就是大腿上搭脉（瞎搞）吗？"吕金禄说。

"就是我们要在杭州火柴厂找个关系，不知你有没有这种渠道？"

吕金禄这时才在脑子里寻找记忆，不一会儿就说："我一个三步门外不出的人哪里有这种渠道，不过我的妻舅在杭州读过书，不知他有没有渠道。"

"总比我们三步门外不出的人好呀，你赶快过去问问，时间就是金钱。"方承统急急忙忙地催着吕金禄上路找李立卓。

李立卓读书时在一片教育救国、医药救国、实业救国的热潮中，心潮澎湃，热血沸腾，似乎一下子有了奋斗的目标，经过几年教书的挫折，正处在一个迷茫期，没有一个倾诉的地方，突然接到姐夫吕金禄的邀请，格外的激动，学生一下课就匆匆前往塘头姐夫家。

来到姐夫家已是傍晚时分，姐夫还在和几个人聊天，姐夫一看到李立卓进来就不停地介绍给其他几个朋友："这是我的妻舅，在杭州念过书，现在是教书的先生，很有文化的。"

然后又拉着李立卓一个一个指着他的朋友介绍："这是方承统，这吕炳熙，这是吕阿恋，我们商量着准备办一个火柴盒厂，为火柴厂做配套，你在杭州念过书，能不能联系上杭州的光华火柴厂，我们给他做火柴盒?"

李立卓没有回答。

"可以找下同学搭下桥。"方承统就是有头脑。

"我可以试试。"李立卓正愁着没有事干，况且这事自己也没有实践过，只是听过实业救国这个词，尽管没有把握，也不妨试试。

"我们连资金都筹备好了，准备了六千大洋，我出三千，金禄一千，炳熙一千，阿恋一千，分六股，每股一千大洋，就等生意了，如果生意成了你可以拿提成，怎么样?"方承统好像是三个手指捏田螺——稳拿地说。

李立卓没有表态。

"要不再增加一股，让他也入一股?"方承统看立卓没有表态，以为李立卓不愿意，就看了一下在座的几个股东，开口征求意见。

"这有什么意见呢？只要有生意，多一股就多一份资金的流转。"

"没意见。"另外两个股东也表了态。

"怎么样？"

"我回家凑一下，再回答行吗？"李立卓确实心里没底，但又觉得这是人生理想中的一次机会，错过这一次，就怕没有下一次。

"可以，要快快回话。"

李立卓回家后，马上与父亲进行了商量，决定再分成五股，李立卓两股四百大洋，父亲三股六百大洋，为兄弟三人共有。

李立卓凑来凑去就是凑不足四百大洋，没办法只有找到下徐店的徐翼山，分他一小股，让他出二百大洋，这样凑足一千大洋送到塘头，一个股份合作企业就这样成立了。

公司成立后就安排选择生产地，通过多方的考察和综合分析，决定设在后岗头四眼坞口（又称小盘），四眼坞口在八盘岭尖的西面，是百廿口人的地方，方承统和几个股东也进行了分工，很快就投入了生产。

由于生产火柴盒是一个劳动密集型产品，周边的村民成了公司的临时工人，也赚了一点零花钱。

李立卓招了前黄的李文华、李立倚、李文永，桥头周的周永其，下徐店的徐阿宝、徐阿丰、徐章宝去当工人，自己按分工跑杭州进行业务联系。

杭州海月路有个光华火柴公司，自从1914年第一次世界大战以来，给光华带来了大机会，生意确实很好，员工发展到1200多人，是光华的黄金时期，此时李立卓通过同学的关系打入这个公司。

由于都是老土出身，光从筹建到能生产出产品就花了一年多的时间。

出了产品，送到杭州光华火柴公司，老是出现这种问题、那种问题，始终没有达到要求，等到公司直接拒收，已耗了两年多的时间。

机器设备投了，简易的厂房也建了，村民的树也收购了不少，工人的工资也付了，集股的资金也用得差不多了，但是效益还没有出来，怎么办呢？股东也商量不出个结果来，最后还是决定死马当活马医，让李立卓再到上海寻找新的厂家。

李立卓到了上海后也没有一帆风顺，等找到上海的火柴公司，拿样品进去后始终没有通过。

火柴厂又坚持了一年半载，最后请了专家指导，也无济于事，主要原因是购置的机器设备是大工厂淘汰下来的旧设备。

真的的，在我们永康人眼里是先进生产设备，却是人家落后淘汰的旧设备，这下火柴厂就真的没有盼头了，如果再坚持的话就会烂脚疡洞，越烂越大，唯一的办法就只有清算破产。

李立卓以为通过创业能改变家庭的生活条件，由无数个家庭组成就能改变国家的命运，这下又宣告失败了，不但没有赚到钱，反而摊到了四百大洋的债务，一时也没有面子回家。

陈宝花是李立卓的结发夫妻，得知丈夫办厂失败，还欠了四百大洋的债时，一时也难以接受，办了三年多的厂，自己辛辛苦苦盼了三年多，却等来了四百大洋的债务，但总归是丈夫，哑巴吃黄连，有苦说不出，他的痛苦也只有自己知道，只能劝丈夫先回家再作打算。

回家后，只能把全部的田和山都卖掉抵债，弄得家里一无所有，原来唯一的依靠自家田没了，生活极其艰难。

陈宝花在走投无路的情况下，硬着头皮回娘家借了点钱赎回了芷塘下的二十把和山坞塘的六十把田，不得不再租种一点地主的田来养家糊口。

　　这时的李立卓进入了人生的低谷，由于制度的腐败，最美好的教育救国、医药救国、实业救国的梦想也化为乌有。

　　李立卓实业救国的梦想又失败了，到了山穷水尽的地步后，寻找到什么出路？且看下一章。

第六章　寻找救星　一波三折

上海贵州路和广西路的交叉路口有个巡捕房，巡捕房后面有一个保本堂，是一个和尚寺形式的场所，为浙江普陀山的下院，专门接待上海及周边的香客到普陀山进香的，包括交通、住宿和吃饭，有专门的轮船直达普陀山。

当时普陀山的住持和尚叫荣照大法师，是永康人，名叫徐鸿飞，是当时的一个上层人物，上下三帮、三教九流都有交往，就是与刚建立的共产党也有所联系，曾当过佛教协会的主席。他对永康很有感情，家乡的头面人物也常会来此过转，保本堂里的走堂和招待都是永康人，永康人到上海碰到困难找他都会全力帮助，如到了穷苦潦倒的地步，在他那吃上一月半月也不会收取饭钱。当时永康的同乡会也设在那里。

1923 年下半年，李立卓创业失败后，在家不但在精神上受到了较大的打击，就是在生活上也已贫穷潦倒，连一家人赖以生存的田产其中最好的部分也抵出去了，还欠了一屁股的债，在这种情况下，想在永康找点差事干也是一个不可能的事。

经过一段时间的反思之后，开始寻找新的追求和梦想，准备重走人生走过的路，先在杭州，后到上海，利用自己会唱洋戏的特长，以唱洋戏收取一点生活费度日，生活极其艰难。

李立卓在上海得知有一个叫共产党的组织诞生，是一个为劳苦大众平天下的党，就坚信只有共产党才能救中国，下定决心一定要找到共产党。

上海是一个大都市，地大人多，要找一个刚刚诞生的组织其实比登天还难，况且是一个秘密的组织。

李立卓已经是开弓没有了回头箭，必须一条道上走到底，每天一睁开眼就走街串巷一边唱洋戏，一边打听共产党的下落。

听洋戏的人有时心情好就会扔几个铜板，让你买顿饭吃，心情不好就一拍屁股走人，李立卓就得饿肚子，甚至人格上还遭到极度的侮辱，但只要一想到新的希望——共产党，就会一笑而过。

到了晚上，人家都有家回，连鸟儿也有个窝，可李立卓连个落脚的地方也没有，走到哪里黑就在哪里找个落脚的地方凑合一晚。

1924 年的上半年，李立卓还是没有找到共产党的消息。

偶然的一天，巡捕抓了一批人押往巡捕房，李立卓随着看热闹的人群跟到巡捕房，在看热闹的人群中突然听到有永康的口音，就上前搭讪，认识了在保本堂烧饭的人，这人是永康杏里村人，叫陈锦武，一来二去，排起辈来还是堂的妻舅。

有了这层关系后，生活有困难时就会来到保本堂蹭上几顿饭，晚上也能在保本堂住上几夜，一来可以解决一下生活的困难，二来也可以打听一下共产党的消息。

1925 年 5 月 15 日，上海内外棉七厂的日本资本家枪杀中国工人、共产党员顾正红。

事件发生后，中共中央多次开会研究对策，引导工人把阶级斗争转变为民族斗争，并组织发动学生、工人在 30 日这天，到法租界举行大规模的示威游行活动。

30 日那天，上海的工人、学生举行声援纱厂工人的宣传、演讲和示威游行，租界的英国巡捕在南京路上突然开枪，向密集的人群扫射，打死工人、学生 13 人，伤者不计其数。

接着的几天里，在上海和其他地方又连续发生了英、日等国军警枪杀中国民众的事件，激起了上海以及全中国人民的极大愤怒，多少年来积压在中国人心里的对帝国主义的怒火又一次喷发出来，工人罢工、学生罢课、商人罢市，遍及全国，到处响起"打倒帝国主义""废除不平等条约"呼声。

在五卅运动中，李立卓目睹南京路上的惨状，保本堂前面就是巡捕房，李立卓每到晚上就会听到巡捕房的军警对共产党人及民众惨无人道的毒打声，同时也看到了共产党人及民众愤怒的行动，更加坚定了跟共产党走，为共产主义事业奋斗终生的信心和决心。

保本堂是一个人员来往较杂的场所，也是穷人密集的地方，五卅运动后，共产党活动比较活跃，李立卓感觉到地下的共产党员一定会来这些穷人落脚的地方活动，就十分注意新来人的动向，主动地和来人接触。

有一天，有一个人走过李立卓的面前，并有意碰了一下李立卓，然后给了一个眼色就急步走了。

李立卓心领神会，跟着这个人来到一个僻静的地方，那个人从喉咙里吐出一句话："好小子，我观察你好久了，你打听这些信息干什么？"

李立卓由于想得到这些信息太迫切，缺少工作的经验，就开门见山地说："我要寻找共产党。"

"你知道共产党是干什么的？"

"我只知道共产党能够救国，会给我们穷人过上好日子。"

"你这样毛毛躁躁能找到吗？你就不怕我会出卖你？"

"我现在混到这步田地了还怕你出卖我，在这饿死、冻死，还不如进到巡捕房被打死，反正都是死，打死还有个眉目，我就跟定共产党，死也要为共产党的事业奋斗。"李立卓说的每一个字虽都是从牙缝里吐出来的，但字字铿锵有力。

这个人姓孙，人家都叫老孙，与李立卓第一次接触后，觉得李立卓是一颗革命的种子，但只是粗浅的了解，要吸收到党组织来还需作进一步的考验，就说："其实我也不知道共产党在哪里，既然我们都是穷人，是否愿意交个朋友，互相也好有个照应？"

"好呀，我不是上海人，在上海交个上海的朋友，一千个愿意，一万个愿意。"这时的李立卓特别的兴奋。

从此两个人就成了至交的朋友，既有分开，也有在一起的时候，经常会在保本堂碰个面，也会一起出去办点事，但李立卓始终不知道所做的事情是什么目的。

过了一段时间，老孙通过对李立卓考察，觉得是一个信得过的对象，就把他带到一个安全的地方对李立卓说："你是个好同志，今天我就告诉你，我就是共产党党员，你已经经过党的考验，我愿意做你的入党介绍人。"

这时的李立卓激动得两眼含上了泪花，站起来双手紧紧地握住了老孙："谢谢老孙同志，希望党多安排我工作，我一定不辜负党的信任。"

李立卓加入中国共产党后，就根据组织的安排一直用唱洋戏（用留声机唱声）作掩护，游走百姓间，择机宣传革命的新思想，同时也取得一点报酬，维持生计，这个工作也为后来的革命宣传工作积累了经验。

1926年7月，国民革命军正式从广东出师北伐，在北伐的最初阶段，国共两党已存在矛盾，但面对北洋军阀这个强大的敌人，国民党内的反共势力有所收敛，国共两党基本上能保持团结。

正是这种国共合作的局面，为北伐战争的胜利奠定了基础，同时，中国共产党也在北伐战争中得到了锻炼，获得了发展。

北伐军打到江西，五省联军总司令孙传芳，浙江省督军卢永祥带兵到江西九江前线，只留少数部队守杭州，时任浙江省省长的夏超乘机宣布起义，李立卓得到这个消息后参加了这次起义。

远在江西的孙传芳得到这一消息后，急电上海沪军入浙，夏超到艮山门阻击不支溃败，被乱军所杀，起义最后以失败告终。

李立卓也只能空手回家。

回到永康后，见妻子陈宝花还在田间劳作，没有空闲下来，心里难受得像针刺一样，连忙接过妻子的劳动工具埋头干了起来，极力把心中的愤怒和对妻子的愧疚发泄出来。

虽然夫妻俩已好长一段时间没有在一起了，李立卓知道自己这个样子回家自然也难以启齿，妻子也一样，一看丈夫的表情就知道在外面一定混得很艰难，一时半会儿不知道怎么开口。

节气已入秋，日子一天比一天短，但气温还没有真正意义地入秋，有时候还真是闷热得很，李立卓一干就是满头大汗，妻子虽然坐在田岸上休息，由于身体的虚弱也满脸汗水，直喘着粗气。

夜幕降临，妻子招呼立卓回家。

回到家，刚过周岁的二儿子坐在地上"哇哇"直哭，也许是饿了，也许渴了，也许是晚了想娘，总之哭得很伤心。

十岁的大儿子看父母疲惫地回家，就从炉灶堂里钻了出来，秋天昼夜的温差还是有点大，到了傍晚时分已觉得有点凉了，他还是赤裸着上身，脸上的汗水沾上了锅灰，像一个大花猫，身上沾满了稻草灰，已经把晚饭烧好了。

李立卓不知道妻子是体力上的不支还是精神上的崩溃，一踏进门就什么也没说，一头扎进床上躺了下来。

看着一家人的状况，强忍了想流出的眼泪，从脖子上抽下一条已一股汗臭的毛巾，给大儿子擦了一把脸，没话找话问儿子："晚饭烧好了？"

"好了。"大儿子点了点头，然后说："你坐好吧，我给你们去盛。"

"我来。"李立卓说着上前打开了锅盖，眼前是一大锅红薯粥，在灰暗的油灯下看到的都是大块的红薯，虽说是粥，根本看不到白米，三块红薯扛粒米，此情此景李立卓忍不住泪水从脸颊上流了下来滴到了手上，拿起了沉重的铜勺，把粥一碗一碗地盛了出来。

大儿子拿了一个小盆和一双筷子来到天井，从一酱缸中捞出几大块酱豆腐（当地自制的一种豆腐乳）拿过来放在桌子上，算是晚饭的菜。

此时的李立卓僵住了，挂在眼角的泪水像打开的闸门源源不断地滚了下来，不由自主地抱起二儿子，拉着大儿子紧紧抱在跟前，眼泪一点一点地滴在孩子的身上。

"吃吧。"好久好久，李立卓才松开了两个孩子。

转过身看妻子，妻子躺在床上已经睡着了，确实也已经累了，也就由着她先躺会儿接下力。

"孩子，父亲对不起你们，让你们受苦了，但要相信苦的日子一定会过去的，好日子马上就会到来。"李立卓安慰着孩子。

儿子默默地点了点头。

三个人各端着一碗红薯粥，围着一盆豆腐乳，谁也说不出心中的苦楚。

睡觉时，李立卓摸着枕头已湿了一大块，其实当时妻子没有睡，而是哭了。

是的，这样的日子也不知道已经过了几年，但还是日复一日地过着，要过到什么时候谁也说不清楚。

苦的日子就是难熬，一天就好像有三天长，总算熬到过年了。

过年，不管是穷家孩子还是富家孩子都是期盼的，一年盼到头就是想过年有新衣服穿，有白米饭吃。但大人总是怕过年，一年忙到头，租种地主的田，收成的一半给了地主，还要最好的，剩下次的一半抵消种田的成本，也没了，本想赚点后熟种的粗粮，往往会因为天公不作美收成不好，一年忙到头，盼到头，还是没花头。到了过年还要等着向人家借粮过日子，年复一年，年前拔后空，不知什么时候是个头。

这年头，李立卓家的孩子什么也没有盼到，不用说白米饭，填饱肚子就已经很奢侈了。

苦也好，爽也罢，地球的自转总是不停的，年总是要过去的，春天也总会到来。

这是 1927 年的春天来了，李立卓告诉妻子说："这日子没法过了，我还是回下徐店教书吧。"

李立卓选择回下徐店小学教书，有什么目的，且看下一章。

第七章　发展组织　水到渠成

那是 1927 年 2 月，下徐店小学。

听到阿德先（在下徐店一带都叫李立卓阿德先）要回下徐店教书的消息，村民之间相互传递着这个好消息。

到学校的第一天，学校的门口围满了老师、学生和学生的家长，以及曾经得到阿德先帮助过的村民，不时地问寒问暖。

徐英湖，年龄小李立卓九岁，在村里也算得上是个有文化的人，高小毕业后就跟着谱师学做谱来谋生，生活还过得马马虎虎，一听到李立卓已回到下徐店教书，十分兴奋，回家第一时间就来到学校与李立卓见面："德先，好久不见，想你了。"

"我也想你呀。"两双久违的手紧紧地握在了一起。

"这么多年过去了，还好吗？"这似乎是客套话，前几年李立卓到大盘办厂时，下徐店的徐阿宝跟去做工的，徐阿宝已回到下徐店，工厂的好不好英湖会不知道吗？如果真是不知道的话就是没有关心过这个朋友。

"有好的，也有不好的，你要先听那个？"李立卓打着马虎眼，然后拉着徐英湖坐下。

"两个都要听。"徐英湖一边坐下一边说。

"好呀！先说不好的，这几年家里被我折腾得焦头烂额了，好的呢，我还剩下一个身躯和一个坚强的脑袋。"李立卓说着给英湖倒了一杯水。

"会折腾的人总会有饭吃的，饿死的都是不会折腾的人。"

"你就别安慰我了，你还好吗?"李立卓边问着也边坐了下来。

"哎，这年头真有点难，前几年发大水，前年又大旱，田里没收成，民不聊生，谁还会想到做谱的事，我这点手艺都快废了，老天不帮忙，快要逼死人了，还好暂时还没有被逼死，但不知道明天怎么样。"徐英湖叹了一口长气说。

李立卓与徐英湖相识多年，英湖的几寸肚肠几寸粪都是掌握得小葱拌豆腐一清二楚的，在他面前也没有好隐瞒的地方，完全是一个可靠的人，也就敞开心扉说: "我们的这种日子快要熬到头了，这是黎明前的黑暗，东方已经发白了。"

徐英湖一筹莫展，歪着脑袋待李立卓的下文，李立卓面带笑容不慌不忙，并拿起了水壶给英湖加了点水。

"别卖关子了，我知道你一定有什么好消息，这才是真正的好事，快说。"徐英湖有点迫不及待，把右手放在自己的面前，一根手指指着李立卓，有点恫吓的意思，真是不知礼了。

"在这没有外人，我可以告诉你，有一个专为我们穷人打天下的党共产党在上海诞生了，从此我们穷人也有了爹娘。"李立卓说着觉得特别的自豪。

"上海离我们这么远，共产党还离我们很遥远吧。"

"你如果相信它，就离我们很近，不相信的话就会很远。"

"这样的组织盼了多少年了，盼得我都没有信心了，今天突然从你的口里告诉我这个天大的好消息，我信，但怕今晚睡不着觉，还有不相信的道理? 给我机会的话，我也要加入这个党，为这个党做工作，为我们穷人做工作，让我们穷人有饭吃，有衣穿。"徐英湖十分的激动，说着说着就站了起来凑到李立卓的跟前，将耳朵贴在李立卓的嘴巴上，等待这个好消息。

李立卓顺手轻轻地将徐英湖推了一把，说："这不是嘴巴说说的，加入共产党是要保守党的秘密，严守党的纪律，不怕死的，你做得到吗？"

"能呀！有什么做不到的，等死还不如跟着共产党干革命与敌人拼死，连死都不怕了，还有什么比死更可怕呢？"徐英湖斩钉截铁地表态。

"那好，男子汉，大丈夫，说出去的话，泼出去的水，说到做到。"这时的李立卓就认真了起来。

"不对，你怎么知道得这么多？"徐英湖似乎一下子想到了什么。

"到时你也会知道这么多的。"

"话是这么说，我们到哪里去找共产党啊？这不是说说而已吗？"徐英湖说着就想离开李立卓，回到原来坐的位子上，有点放弃的意思。

李立卓看了徐英湖一眼，并招了招手，示意徐英湖凑近一点。徐英湖这么多年来对李立卓是崇拜得五体投地的，唯命是从，就将头又伸到了李立卓的面前。

"我就是共产党的代表，如果你愿意，我愿意做你的入党介绍人，怎么样？"李立卓压低声音说。

"什么？"徐英湖大吃一惊。

"这有什么大惊小怪的，现在我每天都在为党做工作。"

此刻徐英湖还好像是做梦一样，怎么一下子冒出这么大的一个消息来，一时还反应不过来，并不时地拍打自己的脸证明不是在做梦。

"愿意吗？"李立卓看英湖没有反应过来就再次征询了一下。

"愿意，愿意，一万个愿意，谁知从小到大盼星星，盼月亮，一下子就盼来了一个太阳，真是太意外了。"

"那好，我也愿意做你的入党介绍人。"

徐英湖就在李立卓的介绍下加入了中国共产党。

接着徐英湖成了李立卓的常客，不说天天到，也有三天两头到，听李立卓讲一些革命的故事，讲一些党的知识，一下子就进步了很多。

下徐店的徐彦才是一个靠租种地主田地的佃户，早稻谷收割后加工成粉干，然后挨家挨户去换取稻谷，赚取一点差价养活一家人的，过了年青黄不接时期，大部分家庭都已断了粮，当然一般的家庭根本吃不起粉干这种在当时是奢侈品的东西，做这种生意购买力本身就不大，加之天灾，已经到了无法生活的边缘，似乎只能找到李立卓寻找出路的良方。

李立卓与徐彦才也是早就认识的知根知底的朋友，徐彦才是一个十分讲义气的人，出身穷苦，由于经常在一起，也或多或少地接受了一些新的思想，在群众中也有一定的思想觉悟，就对他说："现在已经开始搞农民协会，团结起来要求减租，这样就会增加农民的收入。"

"这是我们盼望已久的事，什么时候开始减租？"徐彦才一听到减租的事就眼前一亮。

"这需要很多人去做这个工作，当然也会碰到很多很多的困难。"李立卓耐心地解释说。

"我这种大老粗能帮上什么忙？你说。"

"这事只能共产党才能做好，我们也只能相信共产党。"

"那我们到那里去找共产党？"

"我就是共产党代表呀！"李立卓看了一下周围的环境很安全就对徐彦才说。

"你?"徐彦才十分惊讶地问。

"你还有怀疑吗?"李立卓显得十分的镇定。

"你认定的事一定是好事,我也要加入共产党,和你一起为减租做点事,能收我吗?"

"你能保守党的秘密,不怕牺牲吗?"

"与饿肚子比起来,有什么做不到的。"

"只要你愿意,我愿意做你的入党介绍人。"

李立卓在短短的一个月内就在下徐店吸收了两个可靠的先进分子加入了中国共产党。

李立卓会唱洋戏,又会针灸,还会看风水,所以每到晚上他家里往往都会挤满了人,来者各有所求。

李立卓就利用这些机会宣传新思想,宣传减租,穷人要起来革命等等,经常说得村民们摩拳擦掌,心里痒痒的,一时半会儿不想回家。

后来凑热闹的人越来越多,来得最多的当然是英湖和彦才,村里有一个叫阿华的村民,生活过得很苦,常常出现轻生的念头,李立卓就上门进行劝导:"生活会好起来的,要分田给你种,分屋给你住,让你放开肚皮吃饱饭。"使阿华看到了新的希望,重新树立了生活的勇气信心。

到了 5 月,中国共产党永康第一个支部在培英小学诞生,义和区的农会指导员叶岩襄为支部书记,从此永康就有了共产党的核心组织。

徐岩福,1910 年出生,是下徐店村一个贫苦农民的儿子,在村小读书时由于才思敏捷,是李立卓的得意门生。

李立卓离开下徐店后,徐岩福生了一场大病,父母踮着脚尖让其读完了村小。

读完村小后，徐岩福的病一直得不到根治，父母认为是家里的坟场不好，是祖辈留下的罪孽，为了消灾治病，就送他到方岩和尚寺，一做就是两年，病好后，父母就送他去学裁缝混口饭吃。

　　李立卓知道这一情况后，就去做他父母的工作，说岩福是一个好孩子，聪明肯学，将来一定会有出息的，要求他们让岩福继续到溪岸小学读书，并承诺负责联系学校和学费，当这些问题都一项一项得到解决后，徐岩福的父母念着李立卓的热心帮助，也同意把岩福找回继续读书。

　　李立卓在下徐店发展了组织后，又要到前黄建立什么组织？且看下一章。

第八章　建立农会　困难重重

那是 1927 年 2 月杭州光复后，以国民党浙江省党部的名义委派共产党员叶岩襄为永康农民运动专员，开展农民运动工作。

4 月初，国民党省党部特派员、共产党员王赞襄来到永康搞农民运动，还没有来得及把工作展开，上海就发生了"四一二"反革命政变，国民党在全国各地实行"清党"，疯狂捕杀共产党人和革命群众，第一次国共合作破裂。

永康的农民运动在城里的公开活动停止了，只有转入农村开展隐秘斗争，共产党员王赞襄也被迫离开永康。

共产党的各级组织被迫转入地下活动后，国民党右派的势力就日益嚣张。

5 月，国民党浙江省党部右派势力委派永康的土豪劣绅徐佛尘担任永康农协筹备会主任，筹备处设在国民党永康临时县党部，并任用了一个资本家为会计，企图组织成以地主豪绅为骨干的农民协会。

这时，国民党浙江省党部"金、衢、严"农民运动专员办事处在金华成立，主任是中共党员李和涛，适逢共产党员程绍汤、王张威等在"四一二"反革命政变后离开北伐军回到永康，李和涛就委派程绍汤为永康农民运动专员，委派中共党员黄大馨为永康农协筹备会主任，由中共党员夏冲之、夏朝仪、程纪港、程醉白、吕祖生、陈珠玑及颜子钊组织农协筹备会，以公开合法的名义与土豪劣绅徐佛尘等人开展斗争，结果，徐佛尘被撵走，农协筹备会的实权重新由共产党人掌握。

程绍汤接任永康农运专员后，即进城同池长根、颜子钊、章汉诚等人共同行动，刊出会衔布告，印发了《为组织农民协会告永康农民书》，同国民党永康县长商量落实了开展农民运动的活动经费，印发了农民协会宣言，宣告成立永康农民协会筹备会。

随后，又经共产党人研究，确定了10名农运委员，召开农协筹备会会议，确定主要由共产党员担任的全县10个区的农民运动指导员。

从此，农民运动指导员深入全县农村，广泛发动农民群众，组织农民协会，全县很快掀起了建立农民协会的高潮。

下徐店村是一个受地主剥削十分严重的地方，农民早熟稻谷收割后几乎全部交租还不够，还要后熟的补凑，为了来年有田种，过年过节的时候，都要送盘田鸡讨好地主，自己的口粮主要靠后熟粗粮或通过抽粉干换取一点差价来充饥，只要一过完年，就到了青黄不接的时候，实在没办法就向地主借高利贷，等收成的时候就一无所有，穷人就这样循环往复越来越穷，富人越来越富。

得到各村都要建立农会的消息后，在上级派来的指导员的指导下，李立卓在下徐店村召集徐英湖、徐彦才进行碰头，商量建立农会的事宜，决定由徐英湖、徐彦才、老堆等人进行组织实施，李立卓做他们的参谋。

只要李立卓有时间，每天晚上都会有一堆人来听故事，听新闻，徐英湖是每天必到，而且都是最后一个离开。

后来农会扩展到上徐店、前陈以及整个球溪坑的各村。

前黄村是一个由上前黄、下前黄、寮基等几个自然村组成的村庄，除了四五户是自耕农外，其余都是佃农，靠租种桥头周、古山、西炉、后塘弄的田，早熟收割后几乎全部交给地主，留点后熟的粗粮充饥，生活都过得十分清贫。

李立卓考虑到前黄村要建立农会重要的是把几个自然村主要的骨干统一起来，组成建立农会的班子，关键的是这个班子找谁，谁又愿意出来承担这个事情。

寮基是属前黄的一个自然村，村民都姓胡，程兴瑶是寮基人的女婿，由于是上门的女婿，左邻右舍都叫他"老乃"，为人也很好，加之自己是一个种田的好把手，深得寮基人的尊重，成为寮基自然村能说上话的人。

李立卓觉得寮基的最佳人选就是程兴瑶，在交谈中向他灌输了一些新的思想，分析当前的新形势，以及我们当前可做的工作，程兴瑶也潜移默化地接受了李立卓的新思想。

下前黄也是前黄的一个自然村，祖宗和前黄的祖宗是兄弟，李立卓看上一个小伙子，有十七八岁，为人很正气，也很聪明，叫李文穆，人家叫"老木"，可惜的是没有读过几天书，李立卓就把他和李昌帜一起带到下徐店村小去读书，既是学生，又是朋友，平时也和他讲一些革命的故事和革命的道理，彼此之间也知根知底。

李立卓认为这次成立农会下前黄就让他来牵头，另一方面让他得到一个锻炼的机会。

李立卓把想法告诉了李文穆后，李文穆就说："我年纪太小，又没有种田的本领，兴许在村中的信任度不高，我不如推荐另一个人，他在村中有更高的威信。"

"你想推荐谁?"李立卓问。

"吴大成，兴许你不认识，这人又叫吴小囡，原是黄塘坑村人，幼年时移居下前黄的，这人力气大，种田是一个好把手，牛犁耖耙样样都精通，在下前黄大家都信服他，他说话以一顶十。"

"也好，但你也必须参加，这是考验你的时候。"李立卓哪会放过李文穆呢。

"学生一定。"这下李文穆高兴了。

李立卓把几个骨干落实好后，就准备开一个筹备会，参加会议的是李立卓、李立倚、程兴瑶、李文穆、吴大成。

在筹备会上，李立卓说："根据上级的指示，我们村村要建立农会组织，吸收贫苦农民入会，团结起来，打倒地主豪绅，打倒贪官污吏，实行二五减租，减轻农民负担。"

"这是我们贫苦农民盼望已久的事，一定会得到大家支持的。"程兴瑶高兴地说。

"由于贫苦农民长期受到封建的压迫，总会有些人还怕这怕那，不敢入会，就需要我们做好工作，会后我们各自到自己所在的自然村开展工作。"李立卓接着说。

筹备会后能够大胆入会的还是不多，几个人商量后准备先将农会成立起来，否则都是观望的人。

成立农会的会上，真的入会的人寥寥无几，围观的人倒是不少，在会上李立卓大声地说："各位农民朋友，今天我们前黄村的农会成立了。我们农会成立后，大家团结起来，打倒地主豪绅，打倒贪官污吏，实行二五减租。二五减租的制度就是：到水稻成熟准备收割时，先对每块田块的产量进行估产，再按估计的产量平分为两份，一份留给佃户，一份作为租额交给地主，这是原来交租的办法，现在我们是要在应交的租额中减掉四分之一归佃户，只留给租额的四分之三交地主。我们前黄农会要建立得更好，把群众从地主中减下来的每百斤谷中抽出五斤，作为农会的经费，用这些钱作为办夜校的开支，教群众识字，宣传革命思想，提高与地主豪绅斗、与贪官污吏斗的能力，更重要的是要用这些钱兴修水利，改善农民的生产条件。"

在座的都交头接耳议论："这下地主豪绅、贪官污吏就要倒霉了。"

"这就需要我们鼓足勇气，开展斗争，这是上级党的指示，我们有共产党撑腰，一定会取得胜利的。大家回去要做好工作，争取更多的贫苦群众入会，一支筷子经不起折，一把筷子就难折了，我们就要团结起来，打倒地主豪绅，打倒贪官污吏，夺取二五减租的胜利。"李立卓不时地给同志们鼓劲。

这时会场有点乱了起来，在场的议论声在不断地扩大，有鼓劲的、有泄气信心不足的。

李立卓认为这倒是好事，有人议论，就说明有人重视这件事，然后接着说："我们永康也有共产党做靠山，我们要减租肯定没有错，要再发动。我们还要提高农会的威信，一切的权力归农会，群众中不管有大事小事都找农会来解决，不需要村中的保证来解决。"

会议后，通过大家的宣传，农会的制度得到了群众的认可，只要团结越来，就一定能争回农民的权利，为此，要求入会的农民明显增加，李立卓在群众中的威信也越来越高。

七月的一天，是星期六，李立卓回家，没等跨进家门，同村李有归等在家门口，一看到李立卓出现在眼前就急急忙忙地拉着一边说话：

"立卓，我佃租古山地主的田，有一百把田，前几天我同他说，各地都减租了，你也给我减点租吧。当初他答应得很好，说大家都减，我也同意减。我以为他答应得这么爽快，觉得地主也变了。没想到，今天来告诉我：他把田卖给别人了，那个买主没有田种，要自己种，我家总共只有一百三十把田，少了一百把，我一家老少还怎么活呀，我真没有办法，农会能否替我做主。"

"这个不要怕，他要撤田卖田是站不住脚的，你先不要着急，我来给你想办法。"

第二天，刚好是星期天，李立卓不顾自己家的农活就跑到古山的地主家去进行论理，在大形势下，古山的地主只有妥协了。

李立卓马上回到前黄找到李有归说：

"我给你说好了，不知你愿意否?"

"哪有不愿意的，只要你说的，我都相信，你是我们的知心人。"

"是这样的，你出十三块大洋的田皮钱，再花八块大洋，把这一百把秧田买过来种，行吗?"

"有这样的好事吗?"李有归还有点不相信。

"有的! 如果你同意，我就陪你去办手续。"

"有这样的好事，当然愿意。"李有归答应下来后，在心里嘀咕了一阵，大概是算一下到哪里去凑钱，李立卓也看在眼里。

"我也没有多少收入，等我回家征求一下宝花的意见先凑你一点，你自己也凑一点。"

"好，好，我不知道该怎么谢谢你?"

"都是自己人，家家都有一本难念的经，有什么好谢的，以后我们农会健全了，只要会员有困难农会都会出面帮忙的。"说着就转身往家走。

两个人凑足了二十一块大洋往古山而去，不一会儿就把事办完回来了。

此时的李有归十分高兴，有了这一百把田，加上自己的三十把，只要年成好，一家人的生活就有了保障，但心里还是有点忐忑不安，似乎欠了李立卓一个人情，不但耽误了他一天的时间，还欠了他的钱，也知道他的这个钱确实来之不易，这几块钱也许是一家人的命根子。

李有归也清楚欠李立卓的这个钱一时半会儿也还不上，可他家也一直生活十分困难，靠着几块大洋工钱和租田脚过生活，总觉得欠着人家的钱很难受，就不时地来到李立卓的家，寻找他家有没有力气活，想用劳力来还这个情。

李立卓家佃租了古山另一个地主的一百把田，到了交租的时候，李有归就抢着帮忙，按二五减租后的租额把稻谷送到古山的地主家，在古山过秤，地主说："不够的。"

"我在家里称过的，怎么会不够呢？"李有归很肯定地说。

"你们前黄有农会要减租，我们古山也有农会，从来不兴这个减租。"地主阴阳怪气地说。

地主不肯，也没有办法，只能回头把这事告诉了李立卓。

李立卓马上赶回，前去理论，由于李立卓有理，加之减租也有党的支持，地主没有底气，败在了李立卓面前，气得脸都扭曲了。

李立卓和李有归意气风发地从地主家走出来。

"这个前黄的大门杠，总有一天，有人会把他弄断的。"地主从鼻孔里狠狠地吐出了这么一句话，发泄了一下不满的情绪，借了个梯子下楼。

李有归回到前黄，说起这次去古山的事，抬头挺胸，说得眉飞色舞，大长了农会的志气，其他农会的会员也似乎一下子把头抬了起来，前黄的农会以井喷式发展，全村一百二十多户，几乎家家都是农会的会员。

应焕贤，亳塘人，七岁时家里还有两亩田和几间破房子，父亲又租种了地主的几亩田，自耕自种，日子还能勉强度过。

后来父亲遭到别人的陷害，被逼成了疯子，经常把母亲打得半死不活，母亲为了活命，就带着四岁的弟弟逃到外地去帮人打零工，赚取一点小钱维持生活，后因弟弟无人看管，掉池塘里淹死了，从此母亲由于伤心过度，也就不知了去向。

有一个妹妹，一直由祖父母抚养，随着家庭的变故，祖父母供养能力的丧失，不得不把妹妹送给人家当了童养媳，一个家就这样妻离子散了。

十三岁应焕贤也不得不去岩下街程义和家当学徒，学做雨伞，不久回家帮祖父种田。

十五岁时，祖父去世，就去永康县利生染织公司当学徒，由于家里缺劳力种田，祖母又把他招回家帮助种田。

父亲病情加重，不但少了劳力，而且还增加了一笔药费的开支，有时候还给家庭增添好多的麻烦，祖父母只有忍痛割爱把仅有的两亩田和几间破房子抵押给债主。

一个家庭已经一无所有了，又遇堂兄（大伯的大儿子）应思聪被人家打死后又用火烧得面目全非，大伯和三伯要应焕贤帮他跑腿打官司，从此就雪上加霜，失去了一个家的意义。

在那种环境下长大的应焕贤性格上自然而然地形成了一股犟劲，离开本村找出路的时候认识了前黄寮基自然村的胡金榜的女儿，俩人结婚后就在岳父家定居下来。

前黄的农会主要是李立卓主持，胡金波是常务委员，委员有章亲、水库、阿雨、来进、亨珍等，岳父胡金榜是种租田的人，搞农民运动，实行减租当然是最得利的人，作为女婿的应焕贤也自然而然地参加了农会组织。

应焕贤终究是读过几年书的人，他参加农会后，大家的热情就更加高涨，随后胡有林、胡阿汉都成了寮基农民运动的积极分子。

西炉村的王如山也约了王来贵、池塘头的潘正加开展减租斗争。

前黄、下前黄、寮基、西炉的减租取得胜利后，桥头周的农民很眼红，应焕贤来到寮基后，善交朋友，桥头周的周志秋、周长秋、周岩寿、周水其等都是好朋友，就来寮基找应焕贤取经，要求帮助建立农会，实行减租。

李立卓在前黄建立了农会后，国民党临时县党部发生了什么事？中共永康临时县委作了什么决定？且看下一章。

第九章　进城请愿　一呼百应

大革命时期的永康农民运动，是在国共合作领导下开展起来的，但是，国民党是一个资产阶级的政党，它所代表的是资产阶级的利益，而不是无产阶级的利益，因此，它不能容忍广大贫苦的农民组织起来，与资产阶级争夺政治地位和经济利益

1927 年 7 月 15 日，国民党武汉政府汪精卫在武汉召集会议，宣布停止与中国共产党的合作，为此第一次国共合作失败。

8 月，国民党浙江省党部清党委员楼廷韶来到永康，改组国民党永康临时县党部，打击迫害共产党员和进步人士，排斥国民党左派，扶持实业社头子林景卿、应汝墨为国民党永康临时县党部执委，把持临时县党部。

林景卿、应汝墨等一上台就与地主豪绅勾结一起，公开声言要解散农民协会，废除二五减租。

对此，在国民党临时县党部担任农民部长的共产党员黄大馨和在国民党临时县党部担任秘书的共产党员吕宝丹等，发表了反对国民党右派的宣言，公开揭露林景卿、应汝墨等勾结土豪劣绅、反对农民运动的行为。

林景卿、应汝墨恼羞成怒，勾结县政府对共产党人下毒手。

共产党员吕宝丹被当局逮捕，黄大馨在乡下，幸未被抓。

乡村的地主豪绅又有恃无恐、气焰嚣张起来，企图侵害农民

运动积极分子，解散农民协会，退回被减的租谷。

在此情势下，中共永康临时县委决定，发动农民进城开展请愿斗争，回击反动势力的猖狂反扑，把阶级斗争与政治斗争结合起来，以维护农民的政治和经济利益，扩大斗争的成果。

9月初的一个夜晚，黄大馨、应业芳在柿后村的大宗祠召集农会积极分子会议，部署发动农民进城请愿事宜。

黄大馨在会上作了简短的动员说：

"我们这次进城请愿斗争的目的是：要求改组国民党永康临时县党部，把反动头目林景卿、应汝墨清除出去；保护农民协会，继续实行二五减租；立即释放吕宝丹。

"各位参加农会积极分子，你们回村后要充分发动群众，在天亮前带领队伍到荆山夏村集中。"

会后大家分头准备。

不料，黄大馨召集会议的消息被柿后村一个地主获悉，这个地主连夜派人向国民党县政府告密。

国民党警察星夜赶到柿后村，抓捕了黄大馨。

这一情况恰巧被农民协会的陈金良发现，他马上通知了其他人，并召集了一批农民，人人带上棍棒，追上前去，准备同警察对抗，夺回黄大馨。

路上，国民党警察野蛮地开枪，威胁追赶的农民。

农民陈庆宜不顾生命危险，冒着枪弹，赶在警察前面通知溪岸村、芝英、黄店等地的农会，组织农民进行拦截。

当警察押着黄大馨行至街头马坊附近时，几百农民已从沿途各村迅速赶来，有的拿着梭标，有的拿着木棍，将警察团团围住。

在这些追赶的农民中，就有由女共产党员陈玑珠率领的四十多名妇女，她们手执棒槌、柴刀和木棍，冲在最前面，有的抱住警察的身，有的扭住警察的手，有的扯住警察的衣裳，有的抓住警察的枪，警察对她们束手无策。

在这种情况下，陈庆宜冲上前去一把夺回黄大馨，后面立即有几个小伙子前来接应，马上解开了捆在黄大馨身上的绳索。

国民党警察慑于农民人多势众，不敢轻易开枪。

这时，农民们却还不解恨，继续追打警察，直打得警察跪地求饶。

农民不但夺回了黄大馨，而且还从警察手里缴获了十一支枪，取得了拒捕斗争的胜利。

拒捕斗争胜利后，农民群众马上乘胜赴荆山夏集中。

从各地赶到荆山夏集中的请愿群众愈聚愈多。

总指挥共产党员庆业芳向请愿队伍宣布了纪律和程序，并发了白布印制的符号，佩在胸前。

请愿队伍从荆山夏村出发，高擎标语、旗帜，高呼"打倒林景卿、应汝墨，改组县党部""实行二五减租""释放吕宝丹"等口号，浩浩荡荡地从山川坛走入城内，在运动场集合，列成方队，要求县长接见并答复要求。

慑于群众的声威，国民党省特派员章弼和县长楼兆达只得出来接见，并讲了话，答应把群众提出的要求向上面报告，答应实行二五减租，并释放吕宝丹。

于是请愿队伍从欢呼声中解散。

事后共产党员应业芳、应文通、章会辰等进一步与县长交涉，说明了请愿的宗旨，希望县长能予以圆满地解决。

可是过了二十多天，县长答许的诺言一句也没有兑现。

大家觉得我们农民受了骗，中共永康临时县委决定再次发动农民进城请愿，迫使当局兑现诺言。

李立卓接到上级的指示后，马上在义和区的前黄村进行全面组织发动，参加进城请愿。

前黄村农会立即召开紧急会议，参加的有：李立卓、李立倚、应焕贤、程兴瑶、胡有林、胡亚汉、小有福、李文穆、吴大成、李亚林、王如山、王来贵、潘正加、周长寿、周岩寿等人。

在场的人都群情激奋，会场一下子有点乱，这时应焕贤站起来让大家安静，然后接着说："我们前黄村农会工作是一个走在前面的农会，理应积极参与，不能拖后腿，我提议，前黄村农会要求每户农会会员至少派出一人，多了不限，带担柱、扁担等工具参加，参加进城请愿的人每人发七十五个铜钱，从农民协会的基金中开支，自带午饭。"

"同意，同意。"在场的没有一个不同意的。

"如果大家同意的话，马上回去发动。"应焕贤接着说。

王如山带领村农会积极分子王荣华、王云钦、王云龙等加入请愿斗争队伍。

会后一会儿就报了七八十人，协会还做了很多的红绿标语旗，写着："打倒贪官污吏！""农民组织起来，实行二五减租！""天下为公，世界大同！""释放吕宝丹！""打倒土豪劣绅！""打倒帝国主义！"等等，每人一面，再集合其他农会的，一共组织了几百人，形成一支浩浩荡荡的队伍，一边进发，一边呼口号，所到之处都贴上标语，满路都站满了看游行的人。

前黄有的人是带玉米棒，有的带蒲篓饭去的，这天人多得买不到饭吃。

请愿队伍到了县城附近的河头坂山时，县政府早有准备，县长楼兆达和省防军连长带领一连的军警，横排成线形，举枪对准请愿的队伍，阻拦队伍进城。

楼兆达软硬兼施，企图驱散群众。

请愿的农民不听他的那一套，齐声高喊："进城！我们要进城！"有的还要夺枪同军警拼命。

楼兆达见势不妙，强作镇定威胁了几句，就仓皇逃走。

这时请愿队伍和军警对峙着。

带队的共产党员立即分析了当时的形势：若组织队伍前进，恐怕会造成流血冲突，手无寸铁的农民必然抵挡不住荷枪实弹的军警，但假如后退，则会助长地主豪绅的气焰，打击农民群众的革命热情。

最后决定：由应业芳、吕凤来、程纪港、应文通、章正广、李立卓等十二名代表，到县政府进行交涉，而农民们即在城外等候。

代表们向县长呈交了农民的请愿书，重申了请愿的目的。

经过谈判，国民党县政府最后允许请愿队伍不持旗帜进城，承认农民协会的合法地位，同意释放吕宝丹。

请愿代表也答应归还缴获的枪支。

农民请愿斗争的胜利，不但打击了地主豪绅的反动气焰，而且使农民群众看到了组织起来的强大力量，扩大了共产党在农民中的影响，锻炼和教育了农民积极分子，为中共组织在永康的巩固和发展创造了条件。

李立卓率领农会会员进城请愿取得胜利后，对革命更加充满了信心，接下来的工作会顺利吗？且看下一章。

第十章　面对侮辱　一笑了之

那是在一个偶然的机会，李立卓认识了柿后村的陈有成，也有人叫他绍九，此人曾在广东黄埔军校政治部周恩来同志身边做过抄写书记员，清党后回家闲居。

李立卓有空就到他家去汲取一些革命的道理，从中深刻理解了中国革命的长期性和复杂性，对后来的建党工作起到了举足轻重的作用。

进城请愿取得胜利后，被李立卓列入考察的李立倚、程兴瑶和李文穆、吴大成四位同志在这次进城请愿行动中表现都十分积极，真正起到带头的作用，并有号召力，决定吸收到党内来，在他们的申请下，光荣地加入了中国共产党。

10 月，中国共产党永康县委在练结村成立。

省委派浙西特派员姜挺在会上传达的中央特派员王若飞在省委会议上的讲话，一是贯彻中央八七会议精神，反对陈独秀右倾机会主义路线；二是目前革命处于危急关头，要实行武装斗争，以革命的武装斗争反抗国民党的镇压；三是发动农民开展土地革命，在农民运动中要提出抗租抗债，斗争的口号是"减租减息""雇农加薪"。

李立卓得到这个消息后，当晚就召集李立倚、程兴瑶、李文穆、吴大成，并把这个消息告诉了他们。

他们听到这个消息后，个个暗暗地捏紧了拳头，觉得老百姓的穷日子到头了。

李立卓说："我们要以共产党的名义公开展示在群众的面前，独立宣传，不再以国民党左派作招牌，组织武装力量，准备武装起义。"

最后李立卓还说："我们中国的革命是一个长期的、艰苦的、复杂的革命，一定要有一个正确的认识，不但自己要为革命事业奋斗终生，而且要把革命的理想一代代往下传，直到共产主义理想彻底实现。"

会后的第二天早上，李立卓正准备到田畈干农活，被迎面而来的应焕贤、胡有林和胡阿汉三人挡住了。

胡有林上前把李立卓背在肩上的锄头接了下来说："我们找你好多次了，你都忙，今天你在家，我们想听你说说，田里的活我们会做的。"边说边把李立卓往回拉。

"这次我们进城请愿真是大快人心。"应焕贤还没有等李立卓回家坐下来就开口说上了。

"也有你们的功劳。"李立卓一边请大家坐下来一边说。

"不，没有共产党带头，我们有什么用？"

"对。"

"对。"胡有林和胡阿汉也肯定地说。

"这倒是真的，没有共产党带头，我们始终是一盘散沙，永远捏不到一块，所以我们要相信共产党，只有共产党才能救中国，只有共产党才能救我们贫苦百姓。"李立卓也看到这次几个同志都很出色，也是共产党的几棵好苗子。

"如果共产党会要我，我也要参加共产党。"胡有林重重地拍了一下胸脯说。

"我们不知道共产党在哪儿呀！"胡阿汉接上话说。

这时李立卓没有出声，心里在想：通过这次进城请愿的考验，思想都有了很大的进步，觉得壮大党组织的火候已经到了，况且上级也有明确的态度，共产党没有必要遮遮掩掩了，是该亮明身份了，就说："我就是共产党的一员。"

叽叽喳喳的三个人一下子就像被冻僵了，张大嘴巴一动不动，好一会儿才不约而同地说出一个字："你？"

"还有怀疑吗？村里还有立倚、兴瑶、大成、文穆也是。"李立卓很自豪地说。

"能介绍我们参加吗？"应焕贤站了起来问，看着焕贤站起来，有林和阿汉也同时站了起来，恭恭敬敬地等待李立卓的表态。

"能，只要你们愿意，有为共产主义奋斗终生的精神，我愿意做你们的入党介绍人。"

"我愿意。"

"我愿意。"

"我愿意。"

三个人都作了明确的表态，李立卓满意地点了点头。

焕贤、有林、阿汉三人入党的消息稍稍传开后，下前黄的李立林找到吴大成，也要求参加共产党；西炉的王如山、王来贵和芷塘头的潘正加设法找到李文穆，要求介绍参加共产党；这时经常在一起的小有福也坐不住了，也提出了要求参加共产党。

也就在这个时候，应焕贤又介绍了桥头周的朋友周长秋、周志秋、周岩寿加入了共产党。

到年底，前黄就有了十六名共产党员，为了学习和活动的方便，李立卓就决定建立前黄村党支部，由于党员的数量多，不方便开展工作，就把支部分成前黄、下前黄、寮基、西炉、桥头周五个党小组，支部的核心人员李立卓、李立倚、应焕贤、程兴瑶、王如山、吴大成、李文穆，分别兼任各个党小组的组长，领导各自然村的农会工作。

1928年的春节过后，农民运动已进入了高潮，前途一片光明，随着运动的不断发展，农民的文化知识觉得越来越需要，李立卓就动员父亲及自房人把私塾常产（三间新厅）献出来办学，让前黄的穷人也能读书，得到了家人们的大力支持，这样就在三家厅里办起了蒙管司书，后改为"涵成初小"，聘请了下徐店的徐岩福前来任教，招收了一批前黄的穷人子弟，岩福带着本村的徐希杰来前黄村，与前黄的李昌伟、李昌帜一起读书。

1928年3月，寒冷的冬季一天一天地远去，阳光一天比一天温暖，同时也一天一天地带给种田人新的希望，度过了一冬的佃农们又出现在田头地角，耕耘着新的希望。

李立卓虽是教书的先生，但家里也必须租田来度日，学校不上课就得回家下田劳动。

人家都已开始做秧田，他也得回家赶上时节的步伐，从下徐店回前黄，必须经过古山，古山路段虽是一段大道，但古山的大道边人烟稀少，大道两旁都是些小松树林，有些时候还有野兽出没，时常有村民的羊呀、鸡呀、鸭呀的被野兽叼走，是一个阴森森的路段。

一天李立卓经过这个路段的一个小松林处，突然从小松林里钻出四个人，挡住去路，其中有一个阴阳怪气地说："你就是前黄农会的领导吗？"

"你们是谁?"李立卓也马上警惕了起来。

"我们是谁不重要，重要的是你是不是?"没等李立卓回答，那个好像是头儿的就晃了一下脑袋，几个人就一起上来将李立卓的眼睛蒙住，套上了一只布袋，连抬带拖往小松林里面去。

李立卓不知被拖到什么地方，就被重重地扔下了："你们什么意思？有话就说。"

"我们有什么意思？我们没什么意思，只要你解散前黄的农会，不要扯那些没用的什么农会。"

"农会是政府的号召，我们组织农会是为了劳苦大众。"

"你还嘴硬，给我狠狠地打。"随着话音的落下，就是一阵的拳打脚踢。

待到这几个人的手脚打软了，就抬来一个稻桶，把李立卓盖在稻桶的底下，让他躺在冰冷的泥土上，几个人还不时地敲打稻桶，"躺着舒服吗？"

"这声音好听吗？"

"农会的领导也有今天？"

这几个人把李立卓折磨累了，但是李立卓还是没有屈服，把几个人气得火冒金星，一时也想不出什么办法来迫李立卓屈服，只有又把李立卓拖到古山去，丢到了地主的谷仓里面，边关门边说："你要减租，在谷仓里面让你减个够，让穷人吃过饱。"

谷仓的门关上后，里面一片漆黑，况且又十分干燥，不给饭吃，不给水喝，李立卓始终没有屈服。

第二天，李立卓的妻子陈宝花与立卓本来说好昨天要回来做秧田的，到现在还没有回来，以为又去下徐店忙农会的事忘了家里了，心里有点不高兴，这时同村有一个到古山赶集的人回来告诉说，李立卓昨天回来的时候，被古山一个地主雇来的人拖走，关在地主家的谷仓里面快一天了。

李立卓离应该回家的时间晚了有一整天了，陈宝花接到这个消息，担心有什么三长两短，就马上去找农会的李立倚和应焕贤说明了情况。

农会的一班人马上就组织一批农会会员，赶到古山的地主家，地主一看到前黄农会的力量大，怕惹出事来，就一直说："误会，误会了，是我的那帮狗崽子办的好事。"

"放人，放人。"前黄农会的人高声呼着，吓得地主瑟瑟发抖，只有急忙让放人。

李立卓被放出来后，已是奄奄一息，农会的人齐心上前把李立卓抬回了家。

李立卓回家后，陈宝花嫂子擦洗了脸上、身上的伤口，一边喂水，一边责怪，满腹的怨言。

农会的人一个也没有走，个个心里都不平。

"我们的命怎么就这么苦，一年忙到头还是饿肚子，他们一年到头不要干活，吃不愁，穿不愁，还可以随便欺负我们，真是天理不容。"在旁的程兴瑶气得抓了一把头发说。

"我们活着，社会不把我们当人看，还不如拼了，拼两个还赚一个。"吴大成捏紧了拳头愤愤地说。

"这都不是办法，现在国家在国际上地位这么低，受到外国的欺负，国内军阀争战，国土四分五裂，地方上又有土豪劣绅勾结官员，压迫剥削人民，国家已处于危亡的时候，人民已处于水深火热之中，光靠我们几个人又有什么用？"李立卓轻声地说。

"那我们该怎么办？"

"我们只有团结起来，团结就是力量。"

"立卓说得对，我们要捏紧拳头，一致对外。"

"你们都先回去吧，大家都不能胡来。"

大家都带着一股怨气离开。

李立卓建立了前黄农会、前黄党支部，面对地主豪绅的侮辱，李立卓怎么办呢？且看下一章。

第十一章　治国五常　石沉大海

那是在李立卓从开初的教育救国、医药救国到实业救国，以及参军，都以失败告终后，认识到政府的腐败，人民往往是一盘捏不到一起的散沙，要拯救中国的危亡，必先力求其平治，欲求中国之平治，必先顺乎民情，欲顺乎民情，必先立善良之法，善良之法立，即天道无言而品物咸亨（欣欣向荣），仁政无为而天下自治，国富民强列强拱服。

这时的李立卓怎么能平静下来，他完全不顾身体的虚弱，决心写一篇表文，抒发自己爱国的思想，并呈南京国民政府：

窃思治国之道必先治身，身治而国自治；强兵之法必先强民，民强而国自强；富国之计必先富乡，乡富而国自富。危炮烈弹震近前而胆不怯，精奇异物置左右而意不在，美貌女子献娇媚而欲不起，黄金珠宝暗贿赂而志不移，难忍侮辱而怒不发，网极哀怜而心不慈，此人用之治国而国自然治矣。男女人人能识字，政示广告都解释，道路货财无人拾，夜户不闭无人窃，知忠知孝知荣辱，慕仁慕义慕勇敢，此民征集为兵而兵自然强矣。男地膏腴倍收获，山丘林密莫（不）见土，池塘口口多尺鱼，老少皆歌身饱暖，家家都说宽裕声，村村储蓄公积仓，乡乡设立公银行，以此乡之财为国用而国自然富矣。然群之管见虽及此而当局诸公必以群之言为狂笑，切实如总理所言，知之维艰，行之非艰，若果用群之法行之，二年而中华可大治，五年国际可与列强并驾齐驱，十年中国富可甲于全球，但恐平治时势未至，人民困苦未满，国耻忧患未脱，在上级者必如项羽，因韩信忍胯下而鄙弃之。孙权见庞统面貌不扬而舍弃之，曹丕因曹植有才而妒忌之，故群虽胸藏治国强兵富民之谋略，遂不敢献于世。且群平生素不愿学子张之干禄，毛遂之取锥，惟慕颜触保全形神，居易以俟命，为乡里排难解纷，多招怨尤，启导子弟开通才智，耕数亩田不雇佣工，自己勤劳操作，得二业之微利，以免一家五口之冻馁，既然矣何必乱献虚文，出乖露丑，但念国家兴亡，匹夫有责，况今忝列小学教员，岂可讳言男事乎？为此胆敢冒渎进表。

谨呈

国民政府委员会诸公监鉴阅

服群

四月五日

李立卓面临减租运动碰到困难，认为北伐战争以来，改组后的国民党是以执行联俄联共扶助农工三大政策为号召的，民众提出的意见作为革命的政府是会采纳并付诸实行的，就写了五篇表文，于4月14日以合法斗争的形式向当时的县长提出请他转呈国民政府。

李立卓给当时的县长朱浣清写了请求转呈的表文：

谨撰就治国常法五篇（仕、学、兵、民智、民生）仰祈后县政府呈荐上级国民政府察阅。其余细则，并制度、富源、战具、弭乱等维思索未书。法简易行适合世界潮流，倘蒙不弃，俟有余暇，复录成章，再敢冒进，谨呈

永康县政府转呈

国民政府钧鉴

服群

四月十四日

原文选前三篇

一、仕

余常见治国之事，有民情或然，而理法未必然者，亦有理法或然，而民情未必然者。谓顺民情可以治国务乎？而善恶忠奸情独难从：谓理法可以治国务乎，而委曲幽暗法难索隐；知此者可以论治国之道矣。世之为民上者，皆有寄托治国之重任。顾营私肥己之计者，往往不以理法为准则，而以人情混纪纲，其政治率为人民所诟病。保禄位之计者，又往往以巨绅为爪牙，乃以愚民为利囊，其恶氛至于以势力遏众怒，而是以逼乱国家（之叵测），此岂国与民之（罔）计（哉），是放利而行之者之过也。世之为民牧（父母官）者，皆熟娴法律民情矣，始则夙夜匪懈，明断讼事如神；卒之遇关通贿赂贪婪勃发者，而皂白无所分别也，然后知治国非卖情营私之辈所能者。即或偏考古书谨守国纪，却私怀公访老询情，以为鞠躬尽瘁民事矣，猝之于法外虚情，秘密屈曲而犹蒙昧也；然后知治国之事又非依样执法之士所能者。由斯观之，治国之事有五不可：无才学不可，无道德不可，不访察不可，不灵机不可，不细心不可，合是五者，国家方可得平治矣。否则虽有为民牧者，终害民也。五者之中道德尤为枢纽，士固有终身修之而不能，一人有之而兆（亿万）民赖之者，道德之妙固非虚语。盖诚能用有道德之士则以己之心推民众之心，又以己之细行，补救法之缺漏，情与法不偏用，于是治死地者无怨民矣。

呜呼圣贤不出，道德难闻，滔滔儒士，孰升其门，区区寸衷，万古留存，不慕虚名，不隐愚昏，治国之法，遗篇可寻。

二、学

世之欲求功名富贵者，莫不知以求学为汲（急务），至于穷苦人家平庸愚鲁之人多虑不及此，岂以才与智惟富可造，贤与不肖唯天是赋，于求学固无与哉，不知学问一事不惟天资赖以贯博，经济也相辅而成。盖性格聪明不若家产丰富者其发达为尤易也。学识无拘而上进之财力有限。大贫家不能上中学，小贫家不能投入大学。智识（虽）解放而考录之规则已定，中级文官试必中学资格；上级文官试必大学资格。二者其阻力皆足以埋没英才。苟能更改擢制（选拔），由村贤举于乡，由乡贤举于邑，由邑贤举于省，由省贤举于国，真是山野无遗贤，政府萃英杰，则可以争雄世界，称盛一时，而无难者何也。天之生人无别富贵贫贱，然聪明俊秀之士，未必皆生富贵之家，是故尧为君而有丹朱，鼓叟为父而有虞舜，自古及今未有家道贫穷遂生平庸之子；亦未有在政府者，皆生英俊奇才。可见天道无私而人为颠倒。中国人民贫苦者十居七八，而读书者不过百分之一；少康不过十之二，而读书者十有之九。似乎富缘不遇，资格难求，今或天性聪慧贫无立锥，谋生不暇求学缺资，则今日之擢录岂非苦学生之所叹气哉。倘若国造英才，衣食书食供给其费，将天下之英彦尽量容纳，然（则）岂有君子在野小人在外之弊病乎。凡人求学问皆以功名为急，得功名莫不以致富为怀，则上下政府变为营利经商之市场，适符孟子所谓"上下交征利而国危矣"。夫人之天性虽有不同，其品格亦因培植而变。涵于贫则贫，涵于廉则廉，所培者异。大抵以私费造就才智，为公家治事者，必为私计而不为民计，必为家计而不为国计，是由先有家而后有身，因先有经济而后能求学问。是所谓泉流千里追溯有源；木茂万枝莫离一本。攘利之弊不除，终乱国家；选录之制不改，应难感化，今虽公私两费，养成人品悬殊，实人情自然之习惯，有能不弃斯言共乐尧天文化。

三、兵

开国赖于兵，强国赖于民，有兵则有国，有民则有兵。世皆论兵不论民，欲练强兵而不知训民自强。此虽有百万雄兵所以不能威震四夷也。吾以为欲与列强竞雄伯者，必须变更征兵制方能大可耀武，夫从军兵卒，父母之亲爱，习俗之鄙贱，性情之畏苦，心意之惜命，生计之解决，危而至于血肉纷飞，穷而至于一天无粒米入口，在外而至于恨无两翼可升腾，思内而至于家属愁肠百转，此军人情况将何纪极，而且心里推想之所能喻哉。谚有云："若要持家好儿子，切莫产生当兵儿。"甚矣兵之无人愿当也如是。民惟锢于俗见，故不愿从戎。不愿从戎，则地广民稠而国不强。凡民之无志，愿从军者只为无爱国热情耳，近日从军流或被一时之感（动），或积一时之愤怒，贫穷者想发横财，志高者希图显贵，工艺之从军患于工头之拘束，庸仆之从军迫于主人之苛劳，赌人之从军愁债主之追款，亦有富之从军苦父母之申严，是其从戎之志愿，非出于爱国热情，以致朝窜夕降，终不可予以勇义。凡兵一征严密训练，军例不黯，动辄得咎，专制极点，懊恼满胸，教育为上者虽千方百计欲激其忠勇，终不可得。往往征战由此失败良可痛惜，大抵兵之品质之坏有二：其下怕死，其上贪利。怕死无异志者也，为国之害少，贪利者包藏祸心者也，为国害之大。此兵中第一关要。当须从此察辨，必须从此改进，按计人口而征义务之兵，俸禄半给其家以养其父母妻子，奖忠勇名誉以荣其身，各村建义烈祠以承其祀，使志愿从军者视死如归。"毋以（不要）险稳定进止，毋以私计惜微躯，不以敌诱利禄改志，不以危急艰苦变心。"此兵征而方能可与列强争雄，扑灭海内野心家矣。不然待新兵如畜，防逃兵如寇，若之何犹欲兵卒死战场乎。

县长朱浣清（左派国民党人）收到李立卓的表文后，到了 7 月 11 日批阅：

呈悉察阅，第一篇不外乎任官唯贤之旨，第二篇国家任教养贫苦优秀子弟一层固足破除目前登庸方面贫富不均之弊，然当此笫藏空虚奇绌言之匪艰行之惟艰亦唯有存此理论经待时机。至第三篇征兵制度，当局及有识之士早有此项建议，今若此章重出贻雷同抄袭之讥。再查奉减租条例减租以普及教育为原则，并无若限制。土地所有权制度，目前亦皆率由旧章，未尝变革。第四、第五均无实行可能，所呈转呈应毋庸议。

此致！

朱浣清

李立卓的治国思想被卡在半路上，是放弃还是继续？且看下一章。

第十二章　为民请命　直言正谏

那是 1928 年的时候，地主豪绅疯狂反攻倒算，农历三月十八日全县大逮捕，一大批共产党员和国民党左派人士被捕入狱。

接着就向农民追租撤佃，要向农民追回被减的租谷，不肯返还租谷的，就用撤佃来威胁。

地主还想出种种花招坑害农民，要不借口收回自种，要不在地主与地主之间互相假意买卖。

国民党省政府右倾地抛出允许买卖、允许撤佃，农民叫苦连天，农会也一时束手无策。

为了争取永佃权，一方面农会干部集众耕种，不让地主撤佃，另一方面李立卓接连向县政府写呈文，据理力争。

4 月 16 日一呈为救民水火事（农历闰二月廿六日）

呈为救民水火事：窃思总理的民生主义，非补助有钱买田衣食宽裕的人家，是解决大批的民众流徙流浪之人有饭吃，是以国民政府就根据民生问题以减租先作恩露，以永佃权保农民命脉，是因佃农之生存本乎生产物，本乎佃田，故佃农有几句谚语说："只要有田种，勿愁没饭吃，若是没有田种，租轻也无益。"所以佃农有这种呆话，每见他甘受地主压制，故有许多佃农弄到衣没得穿、饭没得吃。那地主压制的法子，莫（无）非是加租、撤佃、易卖三种，那佃农听见真是老鼠见猫任你刁蛮佃户没有不被地主压倒的。员想政府还未能彻底了解佃农的苦痛，颁行政示以致冠履倒置。原来佃农的要求都要有田耕种，地主的希望都要利息厚。去年布告佃农减租，给他利益何人不受，今年批准业主撤佃，都他（遭）损害何人不避。乞察上级政令这样滑动，主佃二方是否犬羊（辈流）。是否不（会）发生冲突，伏念总理的民主主义是消灭马克思的阶级斗争，并非酿造阶级斗争。前日政府布告减租条例，今又仍旧准业主买卖撤佃。我恐许多佃农，必因减租而失佃田，何异宋人欲助苗长而揠（拔）其本根，现虽保护地主之业权利益，恐日后主佃难免争斗凶祸，实在借刀杀人，二犬相嗷人且恶之，为民父母（行）政又可唆弄贫富成为仇敌，各自相残，主佃若结此不白之冤，革命政治岂非如水益深、如火益热吗？员痛想政令如此实驱除民众信仰三民主义和国民党（的宗旨）为此叩请政府，速即修改政示即准佃农减租，不可准业主买卖撤佃；既准地主买卖撤佃，不可准佃农减租。或使佃农遂（乐）其业而安其贫，以增地主之富，而逞其欲，或使富人少用几分之靡费减免贫人几日之饥馁；庶几双方之冤可解，地方之扰乱可宁（静）矣，为此谨呈

县政府　　复呈
省政府　　钧鉴

　　　　　　　　　　　　　　　　　　　　　　服群

　　二呈为请求示禁业主撤佃以解佃农倒悬事：

　　窃敝村户口百二十余，原来的习惯，佃农巴结地主，故无论天年瘟旱都肯填实租银。究竟为什么缘故？细心想来实在有个原因。追究民国前廿年，全村统计实耕良田八百余亩，人口只有二百余人，现在人口增加近四百五十余人，自耕和佃田共计五百余亩，为什么这样颠倒呢？因为旧习惯有一定规例，那田买卖无论

自耕还是收租都要撤换佃户，敝村的人民都是种田为业，工商业是很少的，故没有发财的人家，就那样三百余亩被古山庄、桥头周庄四邻村庄买去撤种，乞察敝村被邻村经济侵略，（统）不冻馁的人家没有二十户，产业至（最）多人家没有二十亩，因此之故佃农任被地主百般索取，困迫的苦况实在莫（不）可名状。幸蒙国民政府解决（实行）民生主义，以减租为第一初步。敝村佃农稿苗得雨（露）以为国民革命拯佃农于水火之中；遂一跃而起欣然组织农协，以原额七折五完纳租课，致邻村地主视敝村佃农为寇仇，恨组织农会首领深入骨髓。自复业主朝思暮想，千变万化，时时向佃户诈吓撤租，租缴不出，希图撤佃；佃撤不掉，实行易卖。今后发现省政府买卖撤佃照旧习惯等示，适中业主的阴谋，卖于东而买于西，卖于远而买于近。这次敝村因贫瘠欢迎减租，乃病人兼服砒霜，乞察买卖的旧习惯是佃农的死疟（重）病，没有减租以前，买卖撤佃，佃农还有一个希望，稍稍巴结地主几分，租额多加几秤，别丘田还可以换得来种。今因减租政令颁行，随便哪个业主都不肯给敝村佃农耕种，虽好言好语向他说话，都以减租为饰词。伏念总理的民生主义是解决大批的民众不是培植富足人家，今遵省令买卖可以撤佃，是有钱买田人家便可独操利益，岂不是锦上添花吗？试想有钱买田人家是否没有饭吃；没有饭吃的人家是否能够买田，若果遵照买卖可以撤佃来实行，没有饭吃的人家连田没得种了，佃农的家少都只好乞丐谋生了，恰好与减租的政令成一个反比例，减租政令岂不是陷阱（害）佃农吗？国民革命不是革大批人的生命吗？痛想国民革命军、百万雄师，那里有一个富家子弟，肯为国家牺牲性命？死路让贫人去走，福分让富人来享，中国前途何堪设想！然近日敝村自蒙政府颁布农会停止活动买卖可以撤佃自种后，一般如狼似虎的地主纷纷到敝村延户追缴所减租谷，诈吓多端，声明不补足租谷定要撤回自种，一般（似犬如豕的）佃农怕他诬讼（皆摇尾乞怜）束手无奈、愤气填胸含泪补纳（缴）。乞思国民革命（恶化的）共产党扰乱后方固为可虑（忧）殊不知腐化的反革命派逼乱国家尤为可虑，扰乱是有形之寇，逼乱是无形之贼。谚有云明枪易躲，暗箭难防。员为此匍匐叩求政府，若果真心爱国为民众谋幸福，现居（正当）耕种时期赶速出示，严禁缴租撤佃，以解佃农倒悬而救民生，中国前途幸甚。谨呈

    永康县政府　　　　转呈

    省政府　　　　　　钧鉴

服群

5月21日三呈为沥（痛）陈佃农痛苦加倍囊昔（情形），请求设法保护佃农事：

窃员任肩教育，政治应（宜）毋庸议，无奈总理的三民主义印入心脑，以致每饭不忘与佃农切（接）近，眼见他们的痛苦一触生悲。故冒渎抄录敝村佃业纠纷、造具一览表一份，叩请县政府检存察阅，员窃读总理民生主义第三讲第六段："要在政治法律上制出种种规定来保护农民。""对于农民权利有一种鼓励，有一种保障，让农民可以多得收成。"现在上级政府这个问题都不采用。就（只）将"有田之人多不去耕"一句来实行，反而准许地主收回自种。以为有田人就算为自己去耕，又准买卖可以撤佃合（调）佃，打破佃农权利，阻止农民自己丰收，希图增加契税收入，大背总理民生主义真旨。乞察现在田地尽已垦辟，造屋、安坟、山崩、川溃、年年减少；人口繁殖无涯。一生二，二生四，日日增加，以减少有限田地撤还有田的人自种。究竟地主有没有体力，到底是真耕假耕，而以增加无产（民众），民众无田就该不耕，（然）叫佃户改何种工（职）业，谋何种生活？如此

政治是逞地主恶欲，甘愿荒弃副产物以减少全国粮食；迫佃户无耕失业，去做游民、盗寇，治以死刑，消灭同类种族。或云："减租条例不实行，地主定然不撤佃，农民自然有田种。"若此时国民党政府假三民主义以诱服庸愚，对下民可欺，对总理主义岂可背乎？伏念县长是一邑（县）之父母，吾永三十万民众（生命）所寄，抑亦男势治乱始源所系。上达民情，下除积弊，仁政声名扬（于）全国，（必）为吾永民众所歌颂，乃符员所祷祝也。必与（非）自矜其能而壅蔽民情与昏庸所可比。（像）剪灭吾永乱萌，宁静地方佃业祸衅，民员已知明公（乃）大有为之县主，为此敢冒进狂譬（罪言），祈明公上达民情挽救民生主义失坠，以解佃农倒悬。一村幸甚，一邑幸甚，全省幸甚。

谨呈
永康县长察核施行

服群
五月廿一日

四呈为租业多弊，制成标准公称联单，请求核准存案给发示谕以重信用而杜争端事：

窃敝村自蒙省政府颁发减租条例以后，佃户弱苦强笑，实属不均，兹因近来旱魃屡见，丰歉悬殊，故良懦地主之田，甘愿减轻租额，给有势力佃户耕种，而强酷地主只要多收租谷不怕佃户少欠，而柔弱佃农被天然淘汰迫到耕种无田，不得不租强酷地主高（贵）租额之佃，乞察良懦地主收有势力佃户之租，自然易照章不敢弄弊；而柔弱佃户既被压在强酷地主之下。该地主阳虽不敢违抗上令，阴实生出许多弊端，像调换称锤折少租谷重量，租簿少记数目，希图撤佃追租，故本年敝村柔弱佃户受强酷地主亏累，如收回自种撤换掉佃倒算陷害，诬噬柔弱佃农，其佃业纠纷案件以全邑比较莫敝村为甚。推究生弊原因均因双方无标准之公称，没联单凭据之故，（然）租业标准公称是一种主佃弭争之妙药。非独奉行减租新章先期效能，实有裨补扶弱抑强之善政。况现在又届秋收时期，民等因前车可鉴，恐生异常争端，为此推举李葆青、吴金榜、李良秧为经永康县长朱办减租事务代表，推（制）定公称仿用三联单以除私称，轻重（不同）主佃妄争清欠，（强弱不均）等弊，内附（草造）三联单式样一纸，俟批准示谕后印刷启用。

谨请

县长察阅照准，佃农感恩不甚　　　　上呈

服群

李立卓多次上呈后，国民政府虽有触动，但执行力度不够，地主豪绅仍然我行我素，外甥打灯笼照舅（照旧），李立卓是服输还是再来一招？且看下一章。

第十三章　为民诉讼　有求必应

那是在 1928 年 5 月，同村的父辈李良种找到李立卓诉说："真是无法无天了，连政府的政令都敢违抗，农会要给我们主持公道。"

"良种叔，别着急，慢慢说，我们农会一定会给会员主持公道的。"李立卓一边让座一边劝说。

"我多年来一直租佃四百把的田，其中租李有财的两丘田，总共一百零六把，靠租佃过日子，年年交了租，一家六口还缺粮，心想减租后把缺粮部分补上，今后的日子会好过一点了，谁知李有财三天两头来要我补足减下来的那部分稻谷，我不肯补，他就要把田收回去自己种，上个月还雇了人强行将坐落荠塘里壁的田种上糖梗苗，我一点办法也没有。"良种叔颤颤巍巍地说。

"你放心吧，我们农会一定会给你做主的，你先回去。"李立卓劝走了良种叔后，就去找该田块的田主李有财了解情况。他说："我租给良种二丘一百零六把田，说好每年交我湿谷 655 斤，折燥谷 409 斤，今年他不算数，少交我谷，我不同意，几次向他催，他总是不兑现，我也没有办法，只有拿回来自己种。"地主说得理直气壮，似乎十分有道理。

"去年省政纲第七项二款有规定实行二五减租，佃农可按原额七折五交纳，他交给你是否按照这个标准的?"李立卓问。

"我不合算是不会租的，他自己去找便宜的，反正我已在荠塘里壁田廿把栽种糖梗苗了。"田主还是不让步。

"你是要不服从革命政府政令吗？减租条例有明确规定不准业主撤田。"李立卓严厉驳斥。

"我真的是自己要种，没有违抗政府的意思。"迫于农会的威严，田主在农会面前还是有点不敢强硬。

"我话放到这里，你要撤佃就看着办吧!"李立卓说着就离开。

过了几天，田主还没有妥协的意思，良种叔十分着急，再次找到李立卓，李立卓也就毫不留情地诉了上去。

李立卓是永康县的佃业仲裁委员，呈上去后，5月25日当时的朱浣清县长就作了批示：

呈表均悉，本县长拆任以来对于楼前任积压及新收佃业纠纷案件因其有关农民生计特别注意加紧赶办，非派吏往理，即传案仲裁，截至现在止，结案已达四五十起，其间凡派一吏一警无不谆谆而嘱，并授以意旨，令其务得实情毋稍徧祖，凡撤佃自种及因买卖掉佃省令解释虽不受条例限制，然本县长亦必查实撤佃果系自种买田迫于贫困者，若借此以为掉佃之由，仍按条例绝对限制。

7月，田间已进入农忙季节，佃农李起鼎突然收到一份传票，自己不识字，也不知道传票是怎么一回事，就把传票拿给李立卓看，李立卓接过传票一看，是邻村桥头周人周土真起诉李起鼎的，内容是：

案据义和区桥头周庄周土真状称：窃民有田七十把，土坐寮基，曾租予前黄庄李起鼎佃种多年，情缘民家人口频增，生计不易，即于去春各行折箸（分家），因此该田分于（分给）

民管业。

民本少田耕种，乃照省政府通令解释，撤佃办法章程，将该田收回自种，先于去年冬回报撤佃，伊亦承认退佃无辞，即将该田依照惯例下种小麦交替。

民于本春于麦行内插种棉花，讵（谁料）起鼎惑听村农会执委之言，永不能改佃云云。

起鼎信以为真，突于本月初九（5 月 27 日）忽生变卦，冷灰复燃，肆将民种棉花犁毁，改种秧苗。

民就近请于游仙警察分所提究，曾蒙饬派巡士到地应传，旋同乡警李来进劝令双方处理。

以伊所种秧苗归民继承料理，劝民给还谷子、肥料、工夫等项，共洋五元，着起鼎当面领取，表示撤销应用物理田之佃权。

民自张巡士乡警解决后，即施放肥料，易耨深耘殷勤灌溉，稻苗有怀新之象，万不料起鼎恶横异人，敝见禾苗秀茂，由眼艳而生羞愤，胆敢于五月初四日（6 月 21 日）纠子阿多将该田之稻苗拔除三分之一，其余也被践踏狼藉，即有令全无恙者仅可称为半数。

民于竖晨始知，迫投（原法警）李来进理论仍旧无效，请予究办等情前来。

除批示外合行仰警前往桥头前黄等庄查明状称各节是否实在，并勘明七十把田内之稻禾拔去多少，践踏多少，如照将来成熟估计将损失若干，无需详细据实具复以凭核办毋稍延误，于咎主践踏之稻禾，应令种者立即料理下肥，以期复（苏）而无新稿（枯）是为至要，切切此票。

右仰法警凌佩新收执，准此。

李立卓放下自己家的生活，马上进行了调查，写了一份辩诉：

具刑辩人：李起鼎

被反诉人：周土真

为倒算诬陷请求示期集讯究诬以儆奸恶事：

窃民年老家贫，儿笨学艺，讵（谁、哪里）料于本月廿二日（7月9日）突有警员到门，谓周土真诉民拔毁稻禾一案，实属完全虚捏（捏造）。

乞察该案显系伊诬陷民父子，其事实证明有三，而确然伊（他）自拔毁，其事实证明有二，据伊诉民去年冬承认退佃，然民重租甘钿多年，今骤幸减轻租额是否自愿退还，乃伊恨民减租诬陷者一。

又诉民听农协执委之言忽生变卦，伏念县党部建设佃业高级仲裁，二匝月其判决是否有撤佃情事，乃伊恨民不肯退佃诬陷者二。

又诉民犁毁棉花，书请游仙区警所提究，蒙巡士劝伊偿民谷子工料洋五元，惟伊（他）恶意想欲究民而反赔偿，焉（哪里）肯甘心是伊恼民由凶获吉而诬陷者三。

又诉民眼艳禾秀而生羞愤，纠子阿多拔毁三分之一，（且）民年迈无力，阿多向来在城区雕花店工作可查，况日间不论何人虽拔毁无多根固（深）秀禾，岂无一人看见，是必然伊自拔毁故不忍糟蹋，而无人作证者一。

该田名由区警交还之后有桥川庄周亚千不常在此周巡，（与）民田毗连相逢多次，自拔毁之后，未见来往是伊自雇亚千拔毁无疑者二。

总之民受此讼亏实由（因）伊等兄弟子侄中等毕业生有五七而眷属中非律师即缙绅，又家拥有广产念念挂恨减租损失浩大。就先图害民父子，以震惊各佃户为减租者之戒。然民（危）想周士真蓄意恶毒（征利）不顾道德非借法律裁判，懦弱受亏何堪，今虽伊自拔毁理由未成确定，而诬诉刑事问题已经成立，务望早期讯究（明白）庶惩奸恶而扶懦良，为此照实辩诉状乞。

县长察核施行　　　　谨状

起鼎

李立卓把应诉的状做好，送到李起鼎的家说："我把状做好了，你把这个状递上去。"

李起鼎还有一些怀疑，"这样一张纸递上去就有用吗?"

"递上去就不是你的事了，我会处理的。"随后李立卓就亲自到衙门理论仲裁的事，把事情弄明白后，让争议双方都口服心服。

李立卓突然接到通知，让他到古山去，是好事还是坏事？且看下一章。

第十四章 国共分道 临危受命

那是1928年夏天的一日，中共永康县委号召全县各区迅速发动农民秋收暴动，恢复已经处于瘫痪的农民协会组织，并做好宣传发动工作。

大忙季节，佃农都在田间劳作，应焕贤也不例外，刚出工不久就突然接到李立卓的通知，让他尽快赶到古山的胡岩良家开会。

应焕贤不知道是什么事情，但是李立卓是最要好的朋友，他让去就去了。

那天刚好是古山集市，人员来来往往很多，当到了胡岩良家时，叶岩襄、李立卓、程兴瑶、胡岩良、郦学颂等同志都已在了。

大家看应焕贤到了，会议就开始，会议的主持是叶岩襄，他说："今天会议是传达上级指示精神：一是改组区委和区农民协会，二是积极发动农民群众做好暴动的准备工作，三是积极宣传减租减息工作。"

"会议进入第一项，选举产生区委常委，实行两套班子一套人马，区委常委和执委就是区农民协会成员，先进行提名。"叶岩襄接着说。

"我不要列入提名。"胡岩良说。

"我也不能列入提名。"郦学颂也接着说。

"我和学颂两人决定离开永康，不愿担任任何工作。"岩良说。

在座的几个人你看看我，我看看你，不知道是怎么回事。

叶岩襄看岩良和学颂都不好解释，就接过话茬说："永康我也不能再工作下去了，我们几个离开永康，你们几个接着干下去。"一边说一边指着立卓和兴瑶等几个人。

"这怎么能行呢?"李立卓这时也坐不住了。

叶岩襄把手搭在李立卓的肩膀上，让立卓坐下来，似乎有点有口说不出的样子，好一阵子，整个会场鸦雀无声，每个人的心情都十分沉重，不知道该怎么说，这时的叶岩襄好像一直在思忖：怎么说呢?

"说吧，都是组织同志。"还是岩良打破了僵局。

"那就说了，事情是这样，今年的3月12日，是纪念孙中山逝世三周年的日子，在国民党永康临时县党部担任常委的共青团员夏立表同志，借此机会与共产党员一起宣传'联俄、联共、扶助农工'的三大政策，引起了国民党右派势力的忌恨，前段时间一些农会不断对地主土豪劣绅的镇压，更加使他们感到了恐慌，曹静邦等八名土豪劣绅联名向国民党中央政府告状，声称'永康共党煽乱，祸机四伏，请求派员密查拿办'，至此永康的革命形势急剧恶化。

"5月，国民党浙江省政府清党委员何炳达，会同省防军营长带兵前来永康'清剿'共产党，有大批的省防军派到永康，永康城乡都被白色恐怖笼罩着，农村的阶级对立日益尖锐，革命斗争日益艰苦。经过国民党县政府的密谋策划，省防军于5月7日，即农历三月十八日，在永康、金华、杭州、上海等地同时进行，大举抓捕共产党和进步人士。县委虽然预先得到了一些消息，但仍没有认识到严峻的形势，过低估计了国民党反动派的力量，没有及时采取有效的措施，致使党的组织遭受了严重的破坏。就在这一天，共产党员丁保良、黄大馨、程纪港、卢俊卿、姚兆康、卢品瑾和进步人士应观兴等 29 人被捕。在上海的施奎联，在杭州的应爱莲，在金华的赵嫡娥也相继被捕。我和应毓兰、徐宝莹、应业芳、章会辰、金丁亥等人都受到国民党政府的悬赏通缉，其实我也不想离开永康，这是不得已而为之。"

"怎么会有这样的事呢？要是没有你们的指导，我们就好像没有一个主心骨，这该怎么办呢？"应焕贤是第一次参加这种会议，自然资格不够，但也觉得担心。

"岩襄同志，留下吧，没有你确实不行的，在今后的工作中你少出面，由我们来，有你做靠山，我们心里才有底。"立卓也觉得没有一个主心骨不行。

"留下吧，留下吧。"在座的人人都苦苦哀求。

这时的叶岩襄也没有办法，都是为了革命工作，到哪里都有危险，入党的那天起就把自己的生命交给了党，想到这些也就点了点头，答应暂时留下来。

开了半天的会议，区委进行改选，叶岩襄、李立卓和夏木神为常委，应焕贤和程兴瑶为执委，区农民协会也是这几个，由区委的常委和执委担任。

会议决定：一是立即发动农民群众做好暴动前的各项准备工作，要求全区所有党团员都要做好宣传工作；二是每一个区、执委人员分工，到各个村庄去开会动员，内容是宣传减租减息，反抗苛捐杂税；三是要立即恢复村农民协会的活动，扩大党的组织。

立卓、兴瑶、焕贤三人都是同村人，是要好的朋友，各自都安排好今天的大会，在太阳快要下山的时候，三人一起碰了个头就各自出发了。

樟塘的农会接到通知后就把祠堂打扫得干干净净，像要演戏一样，戏台前面排着许多长条凳，是为长辈准备的，两边也有些凳子，排得很整齐，这是为妇女们准备的。

戏台作为演讲台，中间放着一张桌子，桌子上面还铺着一块干净的布片，桌上放着一把茶壶和一只茶杯，布置得像模像样，等待区农会领导的到来。

应焕贤到樟塘的时候，天已经黑了，会场早已有一批人等着，后来人越来越多，有人看到主讲人到场，就把气灯再加上一把气，整个会场一下子就亮了很多，祠堂内灯火通明。

该来的人基本到齐了，就请区委领导应焕贤上台演讲。

应焕贤一走上台，初次见到这么大的场面，脸就一阵一阵地发烫，想好的话一下子说不出来，台下一双双渴求的眼睛等着台上的演讲。

这时，应焕贤深深地被这种高涨的热情所打动，喝了一口水后，压抑在心头的话一下子就发出来了。

"封建地主不断增加地租和高利贷的残酷剥削，豪绅地主勾结反动政府对工农的欺负，帝国主义的掠夺，杀害革命群众。

"大家必须团结起来把他们打倒，实行二五减租，所谓的二五减租就是等到水稻成熟准备收割时，先对每块田块的产量进行估产，再按估计的产量平分为二份，一份留给佃户，一份作为租额交给地主，这是原来交租的办法，现在我们是要在应交的租额中减掉四分之一归佃户，只留给租额的四分之三交地主。"

"拖出去，拖出去。"会没到一半，就听到台下有人在争吵，整个会场乱了起来，应焕贤停下了演讲，探头观察台下的情况。

一会儿就看见一个老太婆和一个老头子被几个年轻人拖了出去。

就在这个时候，有人上台对应焕贤说："刚才拖出去的那两个人是樟塘的地主，他们两人在那里说一些捣乱的话，我们就把他们拖出去了，当时我们不注意，不知什么时候让他们混进来了，请你不要多心，继续说下去。"

　　应焕贤这才明白过来，觉得群众都已经觉醒了，阶级斗争一触即发，瞎了狗眼的地主还想在这样大规模的集会上企图搞破坏，结果是在大众面前当场出了丑。

　　开会继续，直到十点多钟才散会，应焕贤回到家已是十二点多了。

　　第二天，樟塘附近的农民都找地主退租退息，当时在群众的压力下，地主不得不退给农民一部分地租和借贷利息，但到晚上就跑出去躲起来了，许多没有退到的农民还在继续到处找他。

　　过了一段时间后，地主两夫妇到寮基找到了应焕贤的岳父吴金榜说："你女婿的嘴真厉害，在樟塘讲了一个晚上，我的谷仓就少了一大半，把我口袋里的白洋掏了一大半，还害我一天到晚东躲西藏，没法过日子。"

　　"这是政府的号令，你们剥削了这么多年，退这么一点租还亏了你吗？"吴金榜厉声说。

　　"你叫女婿少胡闹，否则我和他拼命。"地主咬牙切齿地说。

　　"好呀！我女婿的命没有你值钱，拼吧，还不知谁死谁活呢。"吴金榜说着就哈哈大笑起来，笑得地主无地自容，只有一溜烟地跑了。

　　这一下，前黄的农会确实是扬眉吐气一回。

　　区委改组会议结束没几天，李立卓、程兴瑶、应焕贤又接到一个通知，要求当夜赶到指定的地点，又是什么事要放在晚上？且看下一章。

第十五章　领会错误　代价沉重

那是到了夏天的一个下午，李立卓、程兴瑶、应焕贤三人接到上级组织的通知，要求在接到通知的当天晚上赶到胡库的画眉岩开会。

画眉岩在胡库到后浅之间的半山腰上，地势险要，山体形美，怪石峥嵘，山泉淙淙，古木参天，洞如狮口，人称扑地狮子，也称画眉洞天，岩壁上刻有"画眉洞天"四字。

登上山顶四顾，南有方岩山对峙，北有华釜山相连，洞中有庙，名献山殿，香火旺盛，游人众多。

据传在明朝永乐年间，儒生贾仲善，怀才不遇携眷来此山洞隐居，其妻十分美貌，可美中不足是眉毛稍淡，因此，每日晨起梳洗完毕，贾仲善总要为她画眉毛以弥补不足。

有一天，他为妻画好黛眉后，相携出洞，仰望洞顶峭壁，对妻子说："我要在此陡壁上写上四个字。"

"写什么字？"妻问。

"我天天为你画眉，就写画眉洞天吧！"

其妻听了连声赞道。

字写出后，就来了不少的麻烦事，贾仲善能诗能文，善书善画，其后求书索画者不断增多，隐居生活难以继续，于是他就在石壁上写了一首诗："三载奔波走红尘，不恋富贵守清贫；携取旧书山洞隐，野花啼鸟四时春。"

从此就携妻而走，后人不知去向。

在那个年代画眉岩是一个十分冷清的地方，当三人赶到时，天已经大黑了，起先步哨还不让进去，后来通过口令才通过了步哨。

上山的路是一条崎岖的路，在天黑的夜晚走山路确实是有点困难，三个人为了不影响开会，跌跌撞撞爬上山去。

三人进到山庙里，里面已聚集了好多人，有站着的、有坐着的，应该有上百号人，参会的是全县共产党的活动分子。

会议由浙西特派员姚鹤庭主持，主要内容：一是贯彻省委三月扩大会议精神；二是研究如何进行"武装暴动，夺取政权"。

姚鹤庭在会上说："今年的 3 月 14 日，中共浙江省委在中共代表周恩来的指导下召开的扩大会议上，总结了各地起义的经验和教训，认识到中国革命是长期的任务，夺取政权非短期内可以成功，从而纠正了'左'倾盲动主义错误，重新确定全省党组织目前的任务是领导群众的日常斗争、创造条件以达到武装起义的前途。"

会议决定组织成立暴动指挥部，并要求各区都成立一个暴动大队，每个大队下面分设三个中队，会议结束后一个月内汇报暴动的准备工作情况。

会后，各区委遵照画眉岩会议的决定，分头到各支部开会宣传发动，提出每个党员要发动十名群众参加暴动的要求。

李立卓、程兴瑶、应焕贤回到前黄后也进行了认真的贯彻和宣传发动。但是在当时，不要说群众对武装暴动缺乏认识，就连党内有很多人也持疑惑的态度，认为手无寸铁，毫无经验，万一失败的话怎么办，种种后顾之忧，致使很多人一时接受不了暴动的任务，所以，暴动的准备工作迟迟得不到落实。

当时党内的一些人在贯彻省委扩大会议精神时，片面强调了武装斗争，而忽视了开展武装斗争所必须具备的条件准备。浙西特委及其所在的党组织出于对国民党屠杀政策和土豪劣绅横行霸道的憎恨，确定了过激的斗争策略，就一再催促，仍未见永康有所行动，于是，同月又派刘寄云到永康、武义来指导和督促暴动准备工作。

为适应武装暴动的需要，刘寄云在合德区魁山岩主持召开了党代会，改选了永康县委，书记由黄锡畴担任。

9月13日，永康、武义两县的共产党人又在桐琴金福春饭店楼上召开联合暴动会议，刘寄云代表永康方面出席，并主持了会议。

邵溥慈以浙西特派员身份前往参加。

为统一领导，会上成立了永武联合暴动军事委员会，主席刘寄云。

会议决定：将统一暴动时间定为10月10日，即农历八月廿七日，要求两县都积极做好准备工作，以便到时候各依计划行事。

永武联合暴动会议以后，永康县委在游仙区南山沿本宝殿召开会议，传达两县会议精神，研究部署起义事宜。

会议开始不久，就有人来报：发现有密探盯梢。

会议马上决定转移到前山杨继续开会。

会上，省委派来的代表强调：暴动非进行不可，谁反对暴动谁就不是布尔什维克。

于是与会者都不敢再有疑问，大家就如何组织暴动及选定打击对象等具体问题进行了讨论研究。

"暴动后成功怎么坚持？如果失败了该怎么撤退？"这时有人提出了这个问题。

大家都语塞了，谁也想不出妥善的办法，思想又有所动摇。

"东西南北乘隙暴动，使反动力量疲于奔命，就无奈对付我们。"省委代表再次提高嗓音强调，这时大家虽然还是将信将疑，但是上级的指示又不得不服从。

会议开了三日三夜，还成立了永康革命军事委员会，最后由省委代表宣布：

"刘寄云、章会辰分任正副主席；下设暴动指挥部和参谋部，胡思友任总指挥，章会辰兼参谋长；指挥部下辖一个大队、四个中队，大队长由胡思友兼任，四个中队，即芝英中队，中队长章会辰兼任；溪岸中队，中队长徐英湖；胡库中队，中队长徐岩雪；另从各队抽身强力壮、胆大机智的人员组成缴枪突击中队，中队长章正广。"

芝英一带是共产党活动最为活跃、农民协会组织最为健全的地方，国民党在这里特别驻扎了一个排的省防军，这是农民暴动面临的最大威胁。

所以首先由缴枪突击队冲进芝英收缴省防军的枪，得手后分路打击各村的地主、土豪。

其次长安、合德两区委组织党员割断永康通往金华、缙云的电话线，切断敌人的联系；潜入县城内的人员要纵火烧毁仓吉殿，以迷惑牵制敌人。

暴动的准备工作要在 9 月底前完成。

到了 10 月 11 日晚，四个暴动中队共四百余人，胸佩"永康农民革命军"符号，手执长矛、大刀、鸟枪，分别集中在派溪山、桐岭头、应南溪桥头等地，对芝英形成包围的态势，等待缴枪突击中队的行动。

合德、长安区委于当晚发动党员和群众割断了永康通往缙云、金华的电话线路。

缴枪突击队队长章正广带领突击队员，包围了芝英省防军的驻地，但事先联络好的内线发生动摇，没有按预定时间送出情报，加上缴枪突击队参战人员未到齐，力量薄弱，而省防军已加强了戒备，荷枪实弹的卫兵不断在四周巡逻警戒，缴枪突击队无法按计划行事，只得撤出战斗。

面对变化了的情况，指挥部临时决定兵分三路行动；芝英中队到儒塘头打卢德勋；胡库中队到胡库打胡汝舟；溪岸中队到柿后打陈安心。

可是由于缴枪计划未能实现，暴动队伍的情绪受到影响，再加上一些其他原因，结果溪岸和胡库中队均未有行动，只有芝英中队的一百多名暴动队员在刘寄云等人的带领下，于深夜二时抵达儒塘头，撞开地主卢德勋家大门，杀了卢德勋等六人，并将他家的财物分给儒塘头、胡堰街两村的贫苦农民。

在暴动之前，虽然召开过永武联合会议，并成立了永武联合暴动军事委员会，但在暴动中，两县并没有实现联合，缺乏互相协调，因而削弱了这次暴动的力量。

驻芝英的省防军获悉发生了农民暴动，当即倾巢出动，火速赶来包围了儒塘头村。

经卢德勋家人指认，同村参与暴动的一批共产党员被逮捕。

次日，又有十多名暴动队员被抓走。

这以后，各地的土豪劣绅又搜集了114名参加暴动人员的名单，一次次向国民党永康、武义县政府及南京中央政府告发，致使四十多人被捕，四人被杀，七人死于狱中。

共产党人黄锡畴、章会辰、应业芳、徐英湖、应业湘、应德福、方厅等受到悬赏通缉，中共永康组织活动再一次被迫中断。

这时的李立卓神秘失踪，学校不知去向，家里的妻子不知去向，到底是祸还是福？且看下一章。

第十六章　重返大盘　将噬爪缩

　　黄余田，原属缙云，后属东阳，现属磐安的冷水、双峰、天网等乡镇的大部分村庄，方圆四五十里统称为黄余田地区。

　　该地区处于缙云、东阳、永康、仙居四县边境，地势高峻，山峦重叠，林深木茂，是国民党政府管理的盲区，地理位置上又有宽阔的回旋余地，这里的农民深受苛捐杂税的剥削，生活十分贫困，要求改变现状的愿望十分迫切。

　　1929 年 11 月，永武暴动失败后，李立卓来到东永缙边区的后降头村，这是他曾经在这里办厂过的地方，这里的一山一水，甚至一草一木都十分熟悉，虽然几年过去了，这里的一切几乎都没有变，唯一变的是人变老了，年轻人长大了。

　　李立卓熟门熟路地来到陈岩寿的家，刚敲开门时，陈岩寿大吃一惊，然后马上醒悟过来，并高兴地叫了起来："是李老板，今天是什么大风把你吹来？"边说边拉着李立卓往里让座。

　　"有点意外吧，多年不见想你们了。"李立卓也边坐边与陈岩寿聊了起来，"近年来还好吗？"

　　"哎，能活到今天总算好了，说明还没有饿死。"陈岩寿深深地叹了一口冷气。

　　"看你身体还好吧。"

　　"出生在这样的社会身体好又有什么用？真是天灾加人祸，

哎。"陈岩寿又是叹了一口气并不停地摇了摇头。

"不要泄气，生活会好起来的，要有信心。"李立卓拍着陈岩寿的肩膀鼓励说。

"这只是解气的话，不知要到猴年马月，我怕是没有这个福气了。"陈岩寿还是没有信心。

"不远了，我们前黄从去年开始就已经减租减息，穷人已得到了实惠，现在到处都在暴动，土豪劣绅已不敢轻易欺负穷人，地主的田也要分给我们穷人种了。"李立卓说到这，陈岩寿低着的头马上就抬了起来，一双渴望的眼神盯着李立卓，然后是吃惊地说出"是真的吗?"四个字。

"是真的，我还骗你不成，我今天来就是为了这事而来。"

"那需要我做什么? 只要有田分给我们种，就是上刀山入火海我也愿意。"陈岩寿边说边激动得站了起来拍着胸脯。

李立卓这时觉得动员陈岩寿的时机已经成熟，就接着说："你知道，一双筷子很容易折断，如果是一把筷子就难折断了，意思是我们穷人要团结起来，拧成一股绳，去与土豪劣绅斗，与地主斗，到时天下都是我们穷人的。"

陈岩寿站着，两只手在不断地变换着动作，好像在想着什么。

"你怕了?"李立卓问。

"这有什么可怕的，饿死还不如与他们拼死，拼死还有个眉目，饿死了到地下也是个饿死鬼。"陈岩寿一下子就跳了起来说："只是——"

"只是什么?"李立卓趁势问了下去。

"只是我没有这个能力，但是我想到有一个人有这样的能力。"

"什么人?"李立卓紧追着问。

"有一个人，早年家里很穷，曾在东阳当过国民党的警察，会点武功，虽没有读过几年书，但在衙门里吃过饭的人总要装出有文化人的样子，至今还没有娶老婆，上下三处关系处理得很好，路数很广，朋友很多。"

"好呀，能带我去见他吗?"这正是李立卓要找的对象，虽然心里有点小激动，但也没有轻易地表露出来。

"我与这人的关系还可以，介绍你认识应该可以。"陈岩寿说着李立卓就站了起来，两人一前一后出了门。

陈岩寿所说的这个人名叫陈天赐，住在后岗头上勘头的一座房子里，这是全村最高的地方，出门口就能看到四周的情况，由于平时喜欢结交朋友，附近的金山头、仙居、缙云，以及方山大皿都有要好的朋友，有时朋友来就会住上一阵子，他自己出去也会住上一阵子才回来，自由自在，从没有人管着。

陈岩寿带着李立卓来到陈天赐的门口，门也没有敲就直接走了进去，似乎是很要好的朋友。

李立卓踏入陈天赐的家门口，确实有点意想不到，根本不像一家没有女主人的家，门的两边整整齐齐地挂着一些马刀和鸟枪，显得十分的威风，堂里挂着一些字画，显得十分有文化，家里的每一处都是干干净净的。

"天赐，天赐!"陈岩寿十分随便地叫着，陈天赐应声出来，看到眼前站着一个书生气十足的陌生人，傻傻地看看李立卓，又看看陈岩寿，不知道该说什么。

"我介绍一下，这是我的朋友，当年在这里办过厂，叫李立卓，现在是教书的先生。"陈岩寿忙介绍着解开尴尬的局面。

李立卓知道这就是陈天赐，就上前打了个招呼，然后陈天赐也忙着让座，并开始沏茶，知道眼前是位有文化的先生，似乎是碰到了知己，就显得十分的热情。

三个人坐定后，还是陈岩寿先开了口："天赐，我这位朋友听说你是个吃过公家饭的人，想与你交个朋友。"

"好呀！我一生没有什么爱好，就喜欢结交朋友，只要愿意把我当朋友，我什么朋友都交，一个朋友就是一条生路。"陈天赐十分爽快，然后两个人的手紧紧地握在了一块儿。

"岩寿说你上下三处的朋友很多，都是很知己的，我也是一个喜欢交朋友的人，就不知天高地厚想来攀你这个朋友，不知能否攀上？"李立卓说。

"哪里的话，有这样一个有文化的人和我交朋友，是我的造化。"

"既然你也认我这个朋友，我们就一家不说两家话，有话我也就直说了，你有这么多的朋友，我也想见识，不知？"李立卓说。

"这好办呀，我让他们过来就是了。"陈天赐还是很爽快地回答。

"这样是否不方便，我到有一个想法，就是我们组织一个会，定期在你这里聚个会，一方面是互相认识一下，另一方面是大家互相有个照应，可好？"

"好呀，好呀！正中我的意思，到底是有文化的人，一说就说到我的心里。"

两人情投意合，一拍即合，陈岩寿坐在一边根本插不上话，只是听听这个，听听那个，要不点头，要不就是微微一笑附和着。

"我觉得我们还是要取个会名，这样会更正规一点。"李立卓接着说。

"那这个是你的事了，我听你的。"

"那我就不客气了，既然我们都是兄弟，就叫兄弟会吧。"

"这个名字好呀，我同意，怎么你就好像是我的蛔虫，你说的都是我想说而说不出的话。"

"看来你们的志趣很合，一定能成为最好的朋友。"这时陈岩寿也插上了一句。

果真两人情投意合，定期进行聚会。

后来前来聚会的人越来越多，来的人有永康、东阳、仙居、缙云和天台的一些豪侠志士。

随着兄弟会名气的扩散，原同村的陈赐畔的大刀会，也由于人气被兄弟会吸引，就归顺到了兄弟会。

李立卓也通过兄弟会打通了与缙云共产党的联系。

李立卓突然向学校提出辞职，是怎么回事？且看下一章。

第十七章　中心县委　联络中心

那是 1928 年 11 月，永武联合暴动后，永康各地土豪劣绅勾结国民党军警进行疯狂反扑，永康党组织的主要领导人或被捕，或遭通缉，党的活动转入低潮。

上级党组织对永康的工作高度重视，浙西特委派遣姚鹤庭又一次来到永康，联系隐蔽活动的党员，恢复党的组织，使永康的党组织获得了较快的恢复和发展，重建了永康县委，徐岩雪担任了县委书记。

1929 年 1 月，在浙江省委的领导下，改选了永康县委，由胡斗南担任书记，徐英湖、金丁亥、章云端、胡金钱、应明哲、李文朝为委员，同时健全了党的领导机构，李立卓负责通信联络工作，把设在芝英镇章廷科南货号的永康县委与上级党组织之间的秘密联络站（芝英、练结一带是永康共产党人的活动中心，故上级党组织来人来信，都要经过芝英章廷科南货号，然后转到县委）转移到李立卓任教的下徐店小学。

永康县委把秘密的联络站设到下徐店小学后，来往的人员一下子增加了不少，来来往往的人看来很杂，但都是革命的同志，李立卓必须招待，为了招待好同志，增加了不少的开支，要强的李立卓没有向组织开口，而是一次次地向校方预支薪水。

李立卓的家境本来在前黄村还是算比较上层的，这几年被李立卓折腾来折腾去变成了一个困难户，一家四五口人，自己家的田卖掉抵债了，只有靠租种地主的田度日，日子过得十分紧巴，平时只要不上课也得回家下田干农活，陈宝花是一个贤惠、大气、能持家的妻子，李立卓在下徐店任教每个学期的薪水是四十个大洋，夫妻俩说好，米从家里带，木炭由校方提供，平时的菜学生会轮流提供，每学期必须拿回三十五元填补家用和还债，留五元作为零用。

学期结束发饷的时候，校方一算，李立卓已总共预支了二十个大洋，校方也知道李立卓的这个窟窿这么大是无法向妻子交代，就增加了十个大洋的年薪，但还是补不上。

李立卓回家时只向妻子交了二十五个大洋，少交了十个，这时妻子就有点不高兴了："今年的薪水怎么少了？"

"我。"李立卓一时语塞了。

"你这点薪水，我是算着用的，到什么地方能挽回这十个大洋的窟窿？"妻子很不高兴地说。

李立卓还是无法回答。

"怎么哑了，是你用到别处去了，还是校方少给了，总得有句话，这么一大家子的吃喝拉撒，还要还债怎么办？"

"再想办法吧。"李立卓毫无底气。

"有什么办法可想，如果这样的话下学期就不要去了，还不知道在那里惹出什么事来。"妻子一想到一家子的生活艰难就气得没有商量的余地。

李立卓一时也想不出什么办法来，还嫌妻子到学校去查他的开支，到了开学的时候，就找了一个生病的理由向校方提出了辞职。

1929 年 8 月，卓兰芳委派姚鹤亭再次来到永康，20 日召开了永康的党代表会议，并主持了会议，会上姚鹤亭传达了4月11日上级的指示信时说："中共中央鉴于浙江省委未能很好地推动全省的工作，决定暂时撤销浙江省委的建制，准备在全省建立直属中央领导的兰溪、杭州、宁波、湖州、永嘉、台州六个中心县（市）委，浙西各县党的工作遂由中央巡视员卓兰芳直接领导。

"由于兰溪党组织在1928年秋收暴动后遭到严重破坏，缺乏建立中心县委的条件，永康在县委的领导下党组织恢复较快，到了6月份，永康已重建或新建区委6个，支部100多个，党员总数达到1200多人，乡村的农民协会也基本得到恢复，具备建立中心县委的条件，所以党组织决定在永康建立中心县委。"

姚鹤亭讲话后就进行选举永康中心县委的相关人员，并宣布：

"永康中心县委书记金丁亥，常委程岩阿、李岩章；执委章思赞、俞汝生、王加寿、吕兴渭、章云端、王得金；候补执委应焕贤、陈和平；督察员徐英湖、胡斗南。"

接着就宣布：领导永康、东阳、义乌、缙云、武义、宣平六个县的永康中心县委成立。

8月下旬的一个下午，应焕贤、李立卓、程兴瑶三人接到上级党组织的通知，参加在前山杨附近一个山庙里召开的党的工作会议，三个人约定吃过中饭后分头动身，然后到桐岭头会合。

这天的天气又闷又热，根本没有一点风，路上的树叶一动不动，躲在树丛里的知了"知了，知了"地叫个不停，让人心烦意乱，路上又要时刻注意避开熟人，路虽不远，但是走得很吃力，一直到太阳落山时，三人才在指定的地点会了齐，随后一起向会议地点走去。

到了山脚还不能马上上去，一直在山脚溜达到天黑，看不见对方了才允许上山。

会场设在山腰的一所破庙内，周围都设有步哨，回答预先通知的口令才能通过，然后进入会场。

这次会议是中共浙江省委特派员（中共中央巡视员）卓兰芳（化名老李）来整顿党组织，改组永康中心县委。

大会由卓兰芳同志主持，到会代表有一百多人。

会议首先由卓兰芳作报告，主题是分析国内外的形势，首先讲到国际上帝国主义之间的矛盾，争夺殖民地日益尖锐，工人失业不断增多，经济萎缩，通货膨胀，经济到了崩溃的边缘。

其次讲苏联革命建设的成就，实力日益壮大。

三是国内国民党反动派集团贪污腐化，内部明争暗斗，日益分化，对我党的破坏残杀，革命人士劳动人民对他们的仇恨一天天加深，我党各地红军不断取得胜利，苏区不断扩大，新的革命高潮不久即将到来。

接着传达省委（中央）关于改组永康县委的指示及全面发动农民群众作好秋收斗争，恢复和扩展党的组织，清除陈独秀右倾机会主义思想。

最后宣布民主选举永康中心县委委员，先提名后表决，然后宣布名单。

散会时已是深夜，下山后卓兰芳带着新当选的金丁亥、徐英湖、陈和平、章云端、应焕贤和上届的胡斗南，及浙西特委的特派员姚鹤庭，永康青年团书记王佳孙，政治交通员三人经过前山杨到练结继续开会，到练结天已大亮，休息了一会儿，就在章会辰家里开会。

第二天会议继续，不一会儿外面的岗哨跑来报告说："敌人要来练结搜捕。"卓兰芳当即决定会议转到三十五都的上里叶村继续，于是大家马上分散离开。

直到深夜应到会的人员才到齐，在一座依山建立的新房子里继续开会，经过一天两夜的会议，会议议程结束，并作出几项决议：

1. 迅速整顿和恢复党组织，扩大党组织的区域，对某些失去联系的党组织，由熟悉当地情况的同志带县委分配的同志前往联系，使之立即恢复活动。

2. 全面发动群众作减租减息斗争，使其发展到抗租抗息的阶段。

3. 组织红军游击队和地方赤卫队。

4. 开辟苏区，建立苏维埃政权。

5. 恢复农会、妇女会、儿童团的组织及其活动。

6. 做好宣传工作，每个党团员都要在群众中宣传党的政策，用小册子、传单、讲演等方式进行，群众起来后党组织必须在其中起核心的作用。

7. 建立交通网，将上级党组织与永康之间的联络站固定设在前黄村李立卓家，由应焕贤通知李立卓，各村各区的每个党组织都必须选出一个交通员来担任联络工作，这样一来，只要一个地方发生问题，短期内即可各处通晓。

8. 分清党与群众组织，党组织应转入秘密活动，以避免意外损失。

中心县委成立后，永康与上海党中央之间联系的秘密联络站移到前黄的涵成初级小学，涵成初小成了永康中心县委的活动中心。

8月底，李立卓告诉妻子说："我已找到一份工作了，只要夜里抄抄写写、刻刻印印，即可拿到教书一样的津贴。"

这时的妻子爱理不理，并没有作出表态。

按照节气已到了秋季，但气温还停留在夏季，让人觉得还是十分的闷热。

一天，李立卓家的窗外有一个卖书笔的叫卖声经过，叫卖声没有停留，一直往涵成初级小学而去，并在涵成初级小学前停了下来。

这时李立卓马上通知弟弟李立倚，让他去买一本书。

李立倚来到书笔担前问："有小说吗？"

"有。"然后就递给李立倚一本小说。

"我不要这个，我要的是线装的《西游记》。"

"正好，我今天带了一本，八十个铜钱。"说着从担的下面拿出了一本线装的旧小说《西游记》递给了李立倚，李立倚接过书，付了钱转身就离开。

李立倚把新买的小说送到哥哥李立卓那里，李立卓吩咐说："晚上十点钟后会凉快一点。"

李立倚点了点头，说了声"好的"就离开了。

到了十点钟，天气还没有凉下来的意思，但村民大部分已灭灯睡觉，野外已进入了沉睡的时间，李立倚来到李立卓的家后，李立卓就把家里的窗帘拉了下来，两人并没有说话，李立卓把小说递给了李立倚，李立倚就得心应手地拿起剪刀，把小说的装订线剪断，把整本小说一张一张地拆开来。

李立卓也没有闲着，拿出碘酒和五味子等工具，待该做的工作准备完毕就帮着李立倚拆起了小说来。

两个人把一本几百页的小说全拆完已是几个小时过去了，李立倚就拿起毛笔沾了点药水，在每一页上点了一下，当出现有化学反应的页，就整张涂上药水，当显出字迹时马上就要用脑子记下来，长篇必须在很短的时间内抄录下来，否则药水干了就看不清楚了。

等两个人把一本小说全检查完并又装回去，整理出一个党的机密文件已是鸡叫第三回了，汗水湿透了衣服，全粘贴在身上，两人还是会心地笑了。

机密文件送到了县委相关领导的手里。

如果永康有机密的文件要送出去，也需要重复这样的流程，只是把药水换了，把要抄下来的换成录上去，几乎三天两头有这个工作，每次李立卓没有换，其他人有换成应焕贤、李文穆等人的。

1929 年秋，李立倚接到党组织的一个重要任务，在执行任务时遇到了危险，是否脱险？且看下一章。

第十八章　护送军费　有惊无险

　　铜坑村，在乌江溪的上游，村庄坐落在一条狭长的山谷带上，一条不宽的溪流把一个不大的村庄分成东西两半，两半的房子面对面而建，稀稀拉拉，房子的后面都是深山，然后就是山连着山，没完没了。

　　一日已是下午，铜坑村下着毛毛细雨，秋天的雨天让人觉得有点冷，还好，这个时节外面的农活已不多，村民都窝在家里不想外出受冻。

　　村东有一幢独门独院的房子，房子不漂亮，但还是两层的木结构房子，院前有一块空旷的晒场，平时除了当晒场用外，也是小孩子运动的场所。

　　房子里有一个老人在门口打棕绳，老人的儿子叫施龙新，在家门口的晒场上独自一人踢着毽子。

　　在施龙新踢得最欢的时候，从山下匆匆来了两个人，扛着一只用好多麻绳捆绑过的斗箩，斗箩虽不大，但箩里的东西显得很沉重，两人一到门口不由分说就拉着老人往屋里走，似乎是很熟的样子，确实这两个人一个是铜坑人的女婿李立倚，还有另一个是李立倚的同事，李立倚与老人认识。

　　三人来到屋里，李立倚扒着老人的耳朵说了几句话后就扛着斗箩径直上了楼。

正在此时，从山下冲上十几个保卫团的团丁，全副武装，来势汹汹。

来到施龙新的跟前，看到前面出现了两条山路，一条往东，一条往南，十几人傻住了，就问："小孩，你看到刚才的那两个生疏人往哪里去了？"

施龙新一看到这些人就来气，因为前几天，也是这帮人，来家收缴"田亩捐"，家里交不出，乡公所就把母亲抓去关了起来，父亲没有办法，只有东借西凑把"田亩捐"交了才把母亲带了回来，为了争回这口气，况且那两个人一定是父亲的熟人，如果那两个是坏人的话父亲也会连累，就故意指着往南的那一条说："两个人，往那边去了。"

十几个团丁就往施龙新指的方向猛追过去。

等那十几个团丁看不到影子，老人出来直夸儿子聪明，然后迅速就上楼把那只斗箩取了出来，拿到隔溪的茅房里藏了起来，背着锄头到田畈去了。

十几个团丁追了一阵子，看到是一条往深山去的路，就不敢再追了。

一批人又风一样地回到施龙新踢毽子的地方，团团转了几圈后就冲到施龙新的家里，不一会儿从里面传出了翻箱倒柜的声音。

这时施龙新吓出了一身冷汗，虽然看到父亲已把东西转移出来了，但那两个人还没有出来，如果一旦被抓到，后果不堪设想。

他们把全家的上上下下搜查了一个遍后，什么都没有发现，出来后还是不甘心，又到另外几家去搜，一连搜了四五家还是没有搜出什么结果，只有夹着尾巴狼狈地走了，施龙新才放下心来。

原来父亲把李立倚的斗箩藏在柴堆里面，并再压上几捆柴火，做了一下复原后，确定无漏洞了，就引两人从后门出来往后山奔去了，幸亏儿子周旋了一下，赢得了一点时间，也考虑到保卫团一定会回过头来，就取出斗箩转移到另一个地方。

老人从远处看到这些人走远了，就回家来到茅房里把斗箩取了出来，偷偷拿回家重新藏了一次。

年少的施龙新觉得很好奇，为什么这只斗箩四周要用绳子五花大绑起来，上面还要故意盖上一件破衣服，里面是不是有什么秘密，乘着天黑摸到藏斗箩的地方，伸手进去摸了一下，不摸还好，只留一个悬念，一摸吓了一大跳，里面竟是一大箩白花花的、从没有见过的大洋，本能的随手抓了两块放起来。

第二天早上，父亲发现了儿子的行为，就火冒三丈，不分青红皂白就把儿子从被窝里拖出来，用一根柴棒乱打了一顿，在光着身子的施龙新身上留下了一条条的血痕。

后半夜，李立倚他们确认安全后就回到了老人的屋子里过夜，这时听到了楼上的动静就上来问老人："一大早，怎么这么凶？"

老人碰到这档没有面子的事觉得说不出口，但不说又好像不好交代，纠结了一会儿后说："对不住，我没有把儿子教育好，昨晚儿子偷了你的两块大洋。"父亲说着就羞红了脸，并让儿子交出大洋还给李立倚。

"小孩子不懂事，不要怪他。"李立倚劝着老人。

李立倚又摸着施龙新头说："这些钱是用来办大事的，任何人都不能随便拿用，你父亲打你是教育你不要随便拿不该拿的东西，记住了吗？"

施龙新点了点头。

"这就对了，知错就改就是好孩子。"李立倚说着就把刚才的两块大洋递给老人说：“这两块钱就算奖励给你了。”

老人不肯收。

“这次我们能够安全脱险，全靠你们爷俩的机智和勇敢，如果没有你爷俩的掩护，我们的人和钱都没有了，党的损失就大了，你们爷俩是立了大功，奖你爷俩两块钱完全是应该的，你要是不收就是嫌少。”李立倚说着就把两块大洋塞给老人，老人激动得说不出话来，只好收了下来。

李立倚把这事交代完就扛着这箩大洋离开了，施龙新看着远去的李立倚背影，深深地鞠了一躬。

1929 年的 11 月，李立卓深入黄余田地区，目的是什么？且看下一章。

第十九章　重兵镇压　红军失散

那是 1929 年 11 月，永康中心县委就派李立卓秘密来到地处永康、缙云、仙居、东阳交界的黄余田山区，向缙云县委传达上级党的指示精神，指导缙云县委迅速组织农民武装，建立红军游击队。

李立卓通过后岗头的兄弟会认识了陈凤旗。

陈凤旗，仰名叫鸣山，教过书，写得一手好字，也懂得一些医学，会医治一些小毛病，家中也有罗盘还会看风水，由于是职业的关系，在古山、方山大皿一带都有较多的朋友，在村中的陈岩寿、陈锡波都关系甚密。

李立卓通过陈凤旗认识了方山大皿的卢学带，并通过卢学带的关系，与卢湛结为密友。

早在 1928 年春，缙云党的领导人吕传德、赵池等通过卢湛在这一地区发展了几十名党员。

10 月在黄余田溪滩成立缙云东区区委，会上选举卢湛为区委书记，杨思连为宣传委员，杨玉水为组织委员，杨岩溪为武装委员，杨金宝、杨义贵、厉志寅、杨家楼为委员，全区共有党员200 余人。

李立卓来到黄余田地区后，化名为王老律，职业是风水先生，有时借看坟地为名把群众带到山上去宣传革命的思想，晚上回到住处又入户做细致的工作。

当时正是缙云县委遭到破坏，黄余田地区的农民运动连遭镇压，正渴望与上级取得联系开展武装斗争的时候，李立卓的到来，当地的党员群众好像盼来了救星一样，通过三十多天的活动，组织了上千人的力量，党组织迅速得到了恢复和发展，群众觉悟大大提高。

李立卓就趁热打铁，以缙云东区区委为基础重建缙云县委，以卢湛为书记。

接着就召开党员骨干会议，参会的有卢湛、杨岩溪、杨修式、卢玉标、卢保龙、杨玉水、杨金宝、杨加土、杨兆星、厉志寅、杨思廉、杨兆德等几十人，会上李立卓传达了党中央发动武装起义的指示。

在 10 月份，开展减租斗争，引起了黄余田地区反动势力的震恐，他们为了镇压农民运动，采用各种手段，加强地主武装，残酷地进行压迫和剥削，人民群众处在水深火热之中，农民和地主的矛盾斗争更加尖锐激烈，白色恐怖笼罩整个黄余田地区，很多同志认识到建立革命武装的重要性，决心以革命的武装反抗反革命的武装。

与会人员个个喜出望外，形成了开展武装斗争的共识。

会上也有人提出："我们要开展武装斗争，手无寸铁，没有资金、没有武器该怎么办？"

李立卓当即写了一封信，并派卢玉标和杨思廉到永康峡源坑找永康的工农军吕思堂部帮助，吕思堂看到李立卓的信后，当即派吕岩敦等三人带五支手枪及八百大洋随卢玉标和杨思廉来到黄余田，帮助缙云县委组建了浙西工农革命军的一个支队。

1929 年 12 月的一个晚上，黄余田的下坑真园寺里，在李立卓的帮助下，由卢湛主持会议，研究成立红军的有关问题。

参会人员有卢湛、杨岩溪、杨金保、杨思廉、卢玉标、卢保龙、厉志寅等十多人，会上着重酝酿革命武装成立。然后，李立卓交给卢湛"浙西工农革命军第某支队""缙云县苏维埃政府"两枚钤记。

会后，杨岩溪立即到仙居，联系活动，其他人员按分工各自准备。

第二天，杨岩溪从仙居带来工农武装20多人（金永红部），一路张贴布告、标语开展宣传，本地的仍由杨金保带领，杨玉水、杨思廉、杨金水、杨兆德、杨加楼、杨兆森、厉志寅、卢玉标、杨修式等组织发动了130多人当夜集合于下坑真园寺，召开成立大会。

大会由卢湛主持，宣布工农革命军第某支队成立，杨玉水任支队司令，卢湛任支队政委，杨岩溪任支队长，杨修式为支队文书。

杨金保担任后勤兼经费筹备，杨流生、杨兆星负责武器及武器装备，杨思廉负责各点联系，杨金同担任总联络，并将支队暂编两个中队，每个中队设三个分队，每分队又分三个班，每个班12人（实际人数不足）。

第一中队长杨兆森。

第一分队长厉志寅，第二分队长杨加楼，第三分队长杨加土。

第二中队长卢玉标。

第一分队长杨兆德，第二分队长杨义洪，第三分队长仁樟炉。

分工后宣布纪律要求：

1. 一切行动听指挥。

2. 不拿群众一针一线。

3. 对贫苦农民讲话要和气。

4. 对土豪劣绅斗争要坚决勇敢。

同时给每个战士分配发放了符号。

武装成立后，即贴出了"浙西工农革命军司令部布告"，布告由杨修式执笔，支队司令杨玉水（化名汤明攻）、支队长杨岩溪（化名杨吉祥）两人署名。

第二天进行新渥暴动，也不知什么原因，陈某某早已逃匿，未达到既定的目的，到达村口抓获大地主卢某某，但由于没有经验，在押往仙居途中又被逃跑。

第四天新渥豪绅陈达夫、大皿保卫团团总羊老六纠集 300 余人突然包围后塘村，暴动队伍且战且退，虽大部分队员突围脱险，但厉志寅、杨玉水、杨修式、杨金水被捕入狱。

杨玉水、杨金水押往缙云县监狱。

厉志寅当即被枪杀。

杨金水、杨修式身份查不出破绽，后被保释出狱。

党组织决定：有计划地向外退却，金永红部回转仙居新罗一带收缴地主枪支武装自己，杨岩溪退入仙居央田，宋桓、屈风鸣、卢湛到仙居横溪隐蔽活动，大部分人员失散。

1930 年春节，卢湛和宋桓得到王钦段的仗义掩护，经宋桓的培养考察，王钦段被吸收为中共党员，仍旧担任保卫团团长，潜伏敌营。

1929 年进入年关，李立卓做什么准备？且看下一章。

第二十章　走漏消息　暴动失败

1929 年 10 月，中央巡视员卓兰芳在林坑陈主持召开会议，改选应焕贤为永康中心县委书记兼组织部长。

会议还根据党中央的指示，就年关斗争的准备工作作出了决议。

会后大家分头布置，并由徐英湖、胡斗南分别到东阳、义乌、金华、武义等县传达此次会议精神。

12 月，应焕贤受卓兰芳指派，到上海参加中央举办的政治组织训练班学习，时间一个多月。

卓兰芳派应焕贤参加上海训练班学习的目的，是为浙西地区党组织培养领导干部。

应焕贤赴上海学习后，永康中心县委工作由徐英湖负责。

林坑陈会议后，卓兰芳又多次召集会议，布置年关暴动的准备工作。

他们计划组织武平、游仙两区的群众示威游行，同时要烧毁土地陈报，开仓分粮；要组织游行队伍由东、西两路，汇合到太平区的山西村，直捣大地主、国民党密探队头子胡介庭的老巢，进而发动年关暴动。

会议还决定派应则堂到吕思堂的部队联系，争取吕思堂的部队接受中心县委的领导，配合年关暴动。

在外木坦村召开的一次会议上，卓兰芳还提出准备建立永康苏维埃政权，但后来由于暴动失败，这一计划推迟到了 1930 年 5 月建立，徐英湖担任了主席。

1930 年 1 月 11 日，即农历十二月十二日，一场声势浩大的群众武装示威游行开始了。

游行队伍由各个党支部组织起来，分别从四十四坑的凌宅、大路任、木坦、台门等地出发，到古竹畈汇合。

队伍最前头是两面作前导的蜈蚣旗，旗面缀以闪亮的珠子，旗帜上写着"唤起团结精神""同志仍需努力"。

游行的群众有的肩背长枪，有的手持木棍，有的紧握大刀，有的高举长矛，还有的扛着抬枪，列队成行，威武雄壮，高呼"耕者有其田""打倒土豪劣绅"等口号，经下邵、可投应、可投胡、灵岩寺前岩后、井头、西村、岩下街、派溪，到达堂慈。

在沿途各个村庄，人们冲进地主土豪的家，烧毁土地陈报，开仓分粮，平时作威作福的土豪劣绅有的吓破了胆，慌忙逃避，来不及逃走的只好听从发落，不敢有所反抗。

革命群众呼口号、贴标语、斗地主、分粮分财，扬眉吐气，喜笑颜开。

但是，当游行的队伍到达堂慈时，去跟吕思堂联系的人回来报告说，因走漏了消息，吕思堂部队在峡源坑被国民党保安队所包围，无法前来配合暴动。

又有报告，密探头子胡介庭队伍与保安队袭击吕思堂部队后，又派队伍前来阻拦游行。

面对突变的形势，几位领导人迅速作了分析，认为，国民党军队在前头已经做了准备，而部分原计划该出动的游行群众没有出动，该到的 1000 多人只到了 400 余人，再加上天气不好，下着鹅毛大雪，游行的农民已走了大半天路，队伍已渐渐开始散乱，恐怕无法与敌人相对抗，所以游行队伍在堂慈就宣布解散了。

徐英湖、王振康、王金标、应岳奎等于心不甘，乘着游行的余威，顺便到岩下街的一个财主家里缴来一支勃朗宁手枪。

这次行动虽然在国民党军队的阻拦下没有实现原定计划，却又一次给了国民党政府和地主豪绅很大的震动。

国民党政府连夜策划，当晚即派出驻永保安队、密探队，连同舟山保卫团，兵分三路：一路从古竹畈到下邵，一路从后箬岭到大路任，一路从派溪、独松到方山口，疯狂抓捕共产党员和革命群众。

自此，国民党军警借"剿共"之名，天天到乡村中抓人、杀人，或是强奸、掳掠、敲诈钱财，其中在胡介庭纠集的驳壳枪便衣暗杀队最为凶恶，其成员大多是流氓土匪，还有少数被收买的共产党员和工农军战士，他们天天穿梭于乡村，到处抓人。

一些重要的集镇都驻扎了保安队和保卫团，人们在晚上七点后行路，就会被他们抓住当作"土匪"处置，以致人心惶惶，连大白天路上也少见行人。

国民党永康当局的这次大反扑，先后逮捕了共产党员和积极分子三十人，区委书记应金献等七人被杀。

为了摆脱国民党追捕，徐英湖和楼其团随卓兰芳赴上海参加中央训练班学习。

年关暴动遭到白色恐怖后，永康呈现一片凄惨的景象，满目荒凉，路少行人，在暗地里流泪的孤儿寡妇，日见增多，寻兄弟、找父子、觅丈夫的哀哭声日夜不息，革命同志不敢在家过夜，四处隐蔽，革命家属有的明知自己的亲人死亡，也不敢公开领尸体埋葬，有知道亲人关在牢里的就不顾一切设法营救，有的弄得家破人亡还无结果，使他们转悲为恨立志复仇。

革命又转入低潮，党组织又大遭破坏，李立卓遇到什么困难？又该怎样去应对？且看下一章。

第二十一章 革命低潮 培训骨干

那是 1930 年的春节过后，徐英湖找上门对李立卓说："你不能为了工作而不顾家里的生活，你这么一大家子，光靠妻子种几亩地怎么维持生计呢，另一方面也不太安全，我给你介绍一个地方去教书作为隐蔽，是一个两全其美的办法。"

"只要对工作有利，都可以。"李立卓回答。

"下宅小学是一座有五六十个学生的学校，校长也是我们的组织的同志，在那里更有利于工作。"

就这样，李立卓经徐英湖的介绍来到下宅小学当教师。

下宅小学的校长，也是组织的一个同志，李立卓来到学校后，他并不知道李立卓的真实身份，只知道李立卓入过共产党。

1930 春节前几天，应焕贤在上海党中央政治训练班受训结束，携带党中央的九项指示回永康。

应焕贤走在路上就闻到了永康到处都有一股血腥味，国民党仍在到处抓人，一时无法回家，就在城里过了一个晚上，以便了解当前的形势。

第二天，应焕贤打听了一天，几乎能找的人都找了，个个只是摇摇头，没有打听到一个永康中心县委人员的下落，只好冒着风险回到前黄，寻找李立卓。

李立卓也不在，家人告诉说是到下宅村教书去了。

应焕贤一刻也不停留就向下宅而去，在下宅小学找到了李立卓。

李立卓告诉应焕贤说："永康从年关暴动失败后，情况十分恶劣，组织上把徐英湖和楼其团安排到上海参加中央训练班学习，许多同志被杀、被关，有的隐蔽在山里不敢露头，还有的情况难以了解。"

"这次我学习回来是肩负着党的重大使命，中央指示：要不断加强党的领导，扩大党的组织，在地方上举办短期的政治训练班，培养基层党员骨干；努力创造条件，开辟苏区，建立苏维埃政权；充分发动农民，继续深入减租减息斗争，打土豪，分田地，以促进新的革命高潮；建立工农武装，组织红军游击队，以革命的武装对抗国民党反动派的镇压。

"我缺乏革命工作的经验，急需有经验的人员指导和工作，现在是有经验的找不到，年纪轻的没经验，真不知如何去完成这个工作?"应焕贤有点担心地说。

"我们只能一面分头寻找失散的同志，一面组织办干部培训班，你也只能在这里暂时住下，这里的工作我来安排。"

"也只能这样了。"

正说着，校长敲门进来，李立卓和应焕贤不约而同地站了起来，李立卓向校长介绍说："这是我的朋友，有思想、有文化，我们学校有这么多的学生，是否留下充实我们的队伍?"

"只要有需要就可以。"校长也是心领神会，说着就准备离开。

"校长有什么事吗? 要不坐会儿。"

"没有，我是看着有新人进来，就过来打个照应，朋友相见，你们先聊吧。"校长说着就离开了。

校长离开后，李立卓和应焕贤分析了年关暴动失败的原因，李立卓说："这次年关暴动失败，国民党政府把村里制改成了乡镇制，并把政权建到乡镇，一些农村还建立了由国民党和地主豪绅共同操纵的武装组织保卫团，我们的共产党员几乎没有一点生存的空间，目前各支部均处于瘫痪的状态。"

"处于这样的情况，我们工作起来也确实有一定的难度。"应焕贤也说不上什么。

"自从年关暴动失败后，我也一直在反思，寻找失败的原因以及应该吸取教训的地方，我理了六点：一是宣传工作必须做充分；二是党的组织秘密工作要做好；三是必须立即组织直属党领导的红军；四是发动群众与敌人作经济上与政治上的斗争；五是对遇难家属要做好抚恤工作，抚恤金可向各支部去募捐；六是如果条件成熟可以建立苏维埃政权。"李立卓掰着手指头说。

"这些工作都需要人员去做，没有人就寸步难行，当前我们就是要解决党员骨干的培训问题，只要这个问题解决好了，一切都会迎刃而解。"应焕贤还是担心骨干的问题。

"对呀，我们现在要做的就是培训干部的问题，我的意思是举办一期培训班，先通知各支部，把有思想、有干劲的年轻干部推荐上来，参加培训班学习。"李立卓说。

"也只能这样，根据我学到的课程，时间暂定五天，为了不引起敌人的注意，实行小班培训，一期培训七人，分两期进行，地点放在哪儿你熟悉一点你定。"

"放在练结章会辰家楼上比较安全。"

"就这么定吧，我们分头通知，另外你给中央写个报告，报告我们当前的形势和我们工作的思路。"

李立卓于2月19日向中央报告，到了月底，各支部的人员还是推不上来，第一期只来了三个人，吃住均在楼上，一刻也不能出来，五天的课三天就结束了。

第二期是在 3 月放在下宅村小学，来了五个人，也与上次一样，两期一共培训了李立倚、吴大成、章会辰、王振康、胡有林等八个人。

两期培训班结束后，应焕贤又到村寻找支部，分别恢复了可投应、可投胡、岩后、石柱等五个支部，在永康县城又找到了应爱莲，通过她的关系又恢复了南山沿、水公山等五六个支部。

办了两期干部培训班后，各地方的工作恢复了联系，稍微有了一点头绪，应焕贤又接到上级组织的通知，去上海党中央接受新的任务，由于宣传的需要，在回来时带回了一架油印机。

应焕贤去上海接受了新的任务时，刚好当时吴保家（化名）也在上海，待应焕贤把工作办完准备回永时，吴保家也准备回永康，两个人就一同启程。

那时永康县委根据形势发展的需要，准备购置一部油印机，印发宣传资料，应焕贤就趁在上海的机会买一部准备带回永康，考虑到沿途关卡多，敌人检查又严，一个普通人带油印机走是非常困难的，就忍痛买了一只皮箱，把油印机装在皮箱里面，从上海顺利带到诸暨的姚公埠。

快到义乌时，应焕贤看到有关卡，检查十分严格，几乎没有通过的可能，这下急坏了，一起的吴保家更加着急，有要冲过去的意思，还是应焕贤一把拉住了吴保家。

应焕贤一面拉着吴保家，一面仔细地观察着检查站检查情况。

好一会儿，应焕贤就拉着吴保家往一群马堆里走。

吴保家不理解应焕贤的意思，不时地问："干什么？"

"没有干什么，我只是想雇一头马骑骑。"路上人来人往，应焕贤也不好过多地解释，就雇了一头马骑着走，皮箱即让马夫背着。

　　吴保家百思不得其解，应焕贤没有办法，只有扒着他的耳朵说："难道你没有看见，这个检查站凡是对骑马坐轿的都不搜查吗?"

　　这么一说，吴保家不说话了，等过了检查站，应焕贤长长地松了一口气后就对他说："要不让你来骑?"

　　吴保家不吭声，过了好一会儿，才有气无力地说："马是阔人骑的，我才不骑呢。"

　　这时应焕贤才明白过来他对这个问题的误解，但路上又不好过多地解释。

　　到了东阳的一个村子时，天已黑了，也有点累了，就决定先住下来。

　　第二天，吃过早饭准备上路，马夫把马牵过来，应焕贤就说："今天你先骑吧!"

　　吴保家没说什么，就爬上马背开路了。

　　快到东阳城时，吴保家下马让应焕贤骑。

　　应焕贤就骑着马从东阳城中穿了过去，到了岭头回头一看，还是不见吴保家跟上来，吓得应焕贤出了一身冷汗，马上就对马夫说："不对，你马上回去看看。"

　　马夫连忙就往回找，过了好长时间连马夫也不回来了，应焕贤急得像热锅上的蚂蚁，不知道怎样是好。

　　好久，才见吴保家满头大汗地跑来，上气不接下气地说："我差点被敌人抓去了。"

　　应焕贤傻傻地等着吴保家说下去，可他就是接不上气来，真恨不得一巴掌打过去让他接上气来。

　　"我从东阳城里过，一到城门口，就被军警拦住搜查，见我包袱里有件毛线衣还比较新，有一个军警就一定要拿去，当初我不肯，他就说我一定不是好人，要把我抓起来，我没有办法只好把毛线衣给了那个军警，但是那几个军警还是不肯放过我，正在我无计可施的时候，后面来了几个挑担的人，那几个军警似乎相中那几个人的油水会更多，就一窝蜂地涌向那几个人去搜查，我才趁机跑了出来，还是丢了一件毛线衣。"

"人让你跑出来就不错了，还惦记那件毛线衣。"这时应焕贤深深地松了一口气，说话间那个马夫也跑回来了，然后三个人继续上路，一直过了四路口才把心放了下来。

应焕贤从上海带回了油印机，解决了印刷宣传资料的难题，还带回了什么重要的任务？且看下一章。

第二十二章　异军突起　游击队伍

那是在 1930 年的 3 月份，应焕贤从上海回到永康后，在四十四坑找到王振康，王振康见到曾经培训过自己的老师就没有一点犹豫，分外地热情和亲切，应焕贤对王振康说："我这次回来，带回党中央的重要指示，要求立即组织武装部队进行打土豪活动，准备在浙西十三个县发动暴动。"

"好呀!"王振康回答得很干脆。

王振康，贫苦出身，受尽当地地主恶霸的欺压和剥削，在山上靠种山为生，恨死了这些土豪劣绅，早年受徐英湖的影响加入了中国共产党，曾经和王金标一起杀死过几个土豪劣绅，当听到有这样好的消息，就作了明确的表态。

"为了更准、更多、更狠地打倒土豪劣绅，我们必须建立一个组织。"

"这个我不懂，你说了算。"

"我们要成立一个红军游击队。"

"那我们就是红军游击队员了。"王振康异常兴奋。

"是呀，你马上去组织人员，把有积极性的青年集中起来，我们的力量大了就有能力与土豪劣绅斗了。"

不到几天的时间，等应焕贤再去的时候，王振康就组织了王金标、应成喜、应文弟等八九个进步的青年人。

这时应焕贤与王振康商量后决定先组成永康第一支红军游击队。

当即就在狮子峰脚下召开成立大会，会上应焕贤作了讲话，说："我们这支红军游击队是第一支有组织、有武装的队伍，虽然现在只有五六支短枪，但我们很快就会人手一支枪，今天我们这支队伍宣告成立了。"

此时大家兴奋得跳了起来，个个暗暗摩拳擦掌。

应焕贤接着说："我们红军游击队的主要任务是：帮助农民打击地主豪绅，没收他们的财物，除少数留作部队给养外，大部分要分给贫苦的农民，处处都要紧密团结群众，发展壮大我们的队伍。"

应焕贤又宣布了纪律：

"一是在每次斗争运动中都要召开群众大会，宣传党的政策，以提高群众对党的信任。

二是随时吸收进步的青年到红军游击队中来，以扩大我们的实力。

三是经济要公开，在待遇上官兵一律平等。

四是要遵守军风军纪。

五是不管在什么情况下，不得侵占劳苦大众的利益。"

这支红军游击队成立不久，就在新楼杀死反动地主四人。

在四十四坑、三十四坑扫除反动势力，建立起自己的根据地。

由于红军游击队素质好、纪律严明，在群众中有很高的威信，很快就发展到五六十人，其中大半是共产党员，又是当地农民，有任务就集中起来行动，行动结束后就分散回家种田，能够深入到群众中去，宣传党的政策。

为了加强对这支队伍的领导，永康中心县委将这支游击队改编为永康红军游击队第一中队，由王振康任中队长，派程赞匡为党代表。

4月份，永康中心县委派徐英湖到西施（永缙边界）程仁谟部，这支队伍有五六十人，二十多支枪，队长程仁谟。

徐英湖到了西施后联系上中心县委早已打入的钱双全和钱朝升，三人合作共同做程仁谟的工作。

在程仁谟动摇时，队伍中的骨干仍有人坚持土匪路线，阻止程仁谟，三人当即就商定枪杀了一个绊脚石，然后程仁谟被顺利收编。

永康中心县委将这支游击队改编为永康红军游击队第三中队，程仁谟为中队长，楼其团为党代表，与王振康的第一中队互相呼应，紧密联系，都在永康中心县委领导下进行活动。

楼其团与程仁谟一直合作得很好，他们在一起筹划如何补充军备，扩充实力，研究如何消灭敌人，巩固根据地，在一起加速练兵，整顿军风军纪，搞得非常火热。

有一天，来了一个陌生人，被岗哨挡在门外，那人自称是国民党军长周凤岐派来的代表，要亲自见程仁谟。岗哨不让，要先报告，那人非要进，发生了争执。这时程仁谟出来把人带了进去，两人谈了很久，程仁谟就是没有表示意见，这时在外面的楼其团却耐不住了，就开门进来，问那人："你到底来此干什么？"

那人以为是时机到了，就说："我是周军长派来和你们联系，如果你们愿意跟周军长走，他可以给你们枪支和弹药，你们呢可以给个官，能发一笔财。"

楼其团就问："你们可以给多少枪支和弹药？给多大的官？"

"多大的官都有，你们要多少枪支弹药都可以，你只要带人过去。"那人说着就等着楼其团的回答。

可楼其团冷笑几声，马上拉下脸来，指着那人骂道："岂有此理，周凤岐是军阀，残害人民无恶不作，是一个地地道道的刽子手，你也不张开眼睛看看，我们是谁，我们是为穷人撑腰，打土豪劣绅、杀官僚，有组织、有纪律的工农红军，能和你们这些坏蛋在一起吗?"一番话说得那人张口结舌，然后楼其团气愤地掏出了枪指着那人说："你再啰唆，我就一枪毙了你。"

这时程仁谟上前把枪拦了下来劝他说："算了吧，杀了他也没有作用，放了省事。"那人吓得瑟瑟发抖，撒腿就跑下山去，引得大家一阵大笑。

不多久，为了加强对红军游击队的领导，永康中心县委把一中队党代表程赞匡调换成楼其团兼任。

当国民党反动派看到红军在三十四坑、四十四坑一带势力日益强大，便派大队人马前来"围剿"，企图消灭我军。

这时王振康得到当地农民的报信就做好应战的准备，事先把队伍都隐蔽在山林里。

国民党反动派上山后，怎么也发现不了一个游击队的影子，带队的恼羞成怒，不断地催着团丁寻找，到了太阳快下山了还不见游击队的踪迹，整个队伍又累又饿，只有往铜山岭方向撤退回城。

王振康其实早已埋伏在这里，见时机已到，就发出一声"打"的号令，战士们在岭头放了一排枪。

这突来的袭击，团丁被吓破胆，慌忙丢下了枪支和弹药逃之夭夭。

应焕贤去永嘉，在前往的途中碰到了什么情况? 且看下一章。

第二十三章　特委参会　一路风险

　　那是在 1930 年 6 月的一天，应焕贤接到上级的通知，通知说：中共中央为了加强对温州、台州、处州三个旧府属的各个县的领导，决定成立中共浙南特委，为了便于开展工作，中央把永康中心县委划入浙南特委领导，根据中央的指示，应焕贤同志代表永康中心县委前往参加这次会议。

　　应焕贤接到指示后，第二天便启程前往永嘉，路过丽水已是晚上了，应焕贤就找了一家旅店住了下来，凑巧这天晚上丽水戒严，半夜警察在旅店查夜时应焕贤被当作可疑对象，抓到了丽水拘留所。

　　第二天，有一个双门的同乡叫徐庆甫，在丽水开了一间称店，知道有一个永康人昨晚警察查夜时被抓走，就过来探望，当这个老乡说是双门人时，应焕贤一下就来了主意，因为大伯母是双门来的，就谎称是他的儿子，那个人一排辈分还是本家人，就决定做保证人，警察也觉得有了保证人，就多一事不如少一事，同意保释。

　　应焕贤出来后一刻也没有停留就乘船前往温州的永嘉。

　　应焕贤到永嘉是第二天的夜里，永嘉县委王书记带了一个同志划小船来接应，半夜光景船才到达了目的地，还没有等船停稳就听到岸上有人"到了，到了"地在叫，等船上的人一上岸，就被十几个早就等在那里的青年围住了，像见到亲人一样，问寒问暖，然后就推进了一间新婚夫妇住的房间。

大家互相介绍了自己，介绍地方党的活动情况和英雄事迹，一直到天亮大家才散去。

到了天亮遇见了红十三军的白政委，他是在红十三军攻打丽水城失败后离开队伍的，现奉党中央的指示筹备浙南特委。

又换了一条小船来接应焕贤他们，船上已坐了十几个人，其中有两三个女同志。

下午到达一个三面环水的村庄，据说这个村庄有好几个地主豪绅均被斗倒，有的已逃到城里去了，大家上了岸后，便来到一个山庙中，庙中只有姓邓的秘书夫妇俩人和一个叫小赵的青年干事在办公。

"咱们先休息一下，等下先开一个短会再走。"白政委说。

"这个村离城太近，我们人又多，会引起敌人注意的。"当中有同志在说。

"只是开一个碰头会，不会很长时间。"

不一会儿，一群国民党的保卫团包围了山庙，恐怕有一个营的人，带队的拼命在叫："放下武器，缴枪不杀！"

可是里面一点回应也没有，其实十几个参会的人一接到岗哨的报告就下山换了一条船向另一个地点出发了，逃过了一劫，敌人扑了个空。

在船上应焕贤和其他人一直伏在船底下，上面盖了一条篾席作掩护，船离岸还没多远，估计敌人已发现不了了，划船的人就说："今天多亏岗哨眼睛紧，国民党兵真的进村了，而且人很多，差一点你们就有危险了。"

大家一个也没有说话，在漆黑的船舱里，根本分不出东南西北，只听到小船划破水面和划船的"吱呀"声，增添了船舱里一种紧张的氛围。

当船到了一个相对安全的地段，就有一个人出来开口了，意思是想打破船舱中这种紧张的氛围，他十分轻松地说："敌人有什么可怕的，只要我们意志坚强，团结一致，完全有办法把敌人消灭得一干二净。"

大家还是没有一个人发出声音。

他接着说："我给你们讲个故事，当年有一个小青年初到红十三军的时候，从一支手枪开始，一个多月就增加到有三百多条枪，达到人手一支枪，在进攻丽水战役中，创立了很多功绩，你们信吗？"

没有人回答，他也不在意，心目中感觉已有人竖起了耳朵，就接着说："攻打丽水那天，他们从深夜战斗开始，这个小青年就一直站在最前线，与敌人苦战到天亮，这一战本来是有把握取得胜利的，因为向导领错了路，原计划是主力先去包围敌军营部，另一部分围击警察局的，可是这个糊涂的向导把主力引导到警察局去，警察局这边枪一响，敌军营部就将全营的队伍散开并做好了应战的准备，这样一来把整个作战的计划都打乱了，变成了一场混战。

"到了天亮，十三军只得宣布退出丽水，可这个人还与其他二三十个战友继续与敌人苦战，掩护战友撤退，同时也掩护带伤的战友出城。"

这位同志说到这里，船舱里的同志一直认真地听着，似乎也开始放松了刚才的紧张。

"这时他们的土枪都已经向国民党手中换取了洋枪，还拼命地在国民党的死人堆里收集枪支和子弹，当他们正准备撤时，丽水四边的城门都已关上了，要从城门出来是绝对没有希望了，正在绝望时，不料他们不知道哪里来的勇气，一个个地爬上城头，并一个个从城上跳了下去，在很短的时间就赶上了先遣队。

"后来在丽水相传一个神话的传说：红军的兵真了不起，个个都像天神一样，一个人手挟几支枪，能从城上飞下去，当然这几句话是在这次战斗的指挥官白政委说的。"

这个同志说到这就朝着白政委说："这是你说的吧，白政委，这次战斗虽然是失败了，但红军在群众中留下了一个很好的形象，是吗？"

"你说呢？"白政委没有正面回答，反而来了一个反问。

"那我说下去，后来这个人又接受了另一项任务，一共去了十六个人，不幸的是全部被捕了。"

"啊！"大家不约而同地发出一个字。

"过了几天，敌人把这十六个人统统都拉出去枪毙，那个人想：这次可算完了，但想到共产党员，死也要死得悲壮，就号召大家挺着胸膛、高呼着口号上刑场，在法场上十六个人一字儿排开，这个小青年站在第十五个，执行的号令一响，随着枪声，这个小青年前面的十四个战士一个一个地倒了下去，轮到他的时候，枪声一响，随着枪声也就倒在了地上，然后又向第十六个人开了一枪，这时十六个战士全部倒在国民党的枪下。"

说故事人停顿了一下，并咽了一口口水接着说："奇怪的是过一会儿，听见有人说：'这个还会动。'马上就有另一人在说：'再补他一枪。'这时又马上向第十五个补了一枪，那个小青年的头上立刻就冒出了一束火星，过后就没有动静了。

"过了好久，那个小青年的眼睛张开了，这时法场已一个人影也没有了，他就慢慢地站了起来，心想：这就是死吗？那么死也算不了什么？难道这是做梦吗？为了证实是死是活就推了推其他的战友，没有一个有反应的，他就大喊了一声：'同志们，起来走了，时间不早了。'倒下的战友个个都在血泊之中，没有一个人会动一下，他伤心地用脚踢了踢，也不见有人动一下，他彻底地失望了。

"他摸了摸自己的脑袋，立即从自己的脑袋上抓下了半个脑盖，这时他又怀疑了，脑壳都没有了，还有生命吗？是不是已经在阴间走尸了？又怎么大家都没有起来，就他一个人起来？要不就是这半个脑盖是什么地方飞来的，又看看同时被杀的十五位同志的脑袋，都是四分五裂，血肉模糊，只有第十六个人的脑盖不见了，再摸摸自己脑壳，自己的脑壳没有被击破，只是从脑壳上脱了一层皮，原来那半个脑盖是第十六个人的，在被枪击破时飞在他的头上，这时他已完全明白了他还没有死，揩了一下头上的脑浆和血，立即转身往家里的方向走去。"

这时天已经完全黑了，根本看不到两岸的景物，船舱里开始松动，有的动了动脚，有的动了动头，上面盖着的篾席也往一边去了，可讲故事的人没有松动起来，还在故事的情节里，停顿了一下接着说："还有更离奇的，在那小青年回家的途中，碰到了有几个人抬着一口棺材迎面而来，距离拉近了，他已认出那几个人是他的父亲及哥哥，这些亲人是来收尸的，当那些亲人发现了他还在行走，马上就丢下棺材跪地求饶，连连叫着'有鬼，有鬼。'他连忙说：'我没有死。'一连说了好几遍，那几个亲人还是不敢相信，最后不得不坐下来唱起了歌来，才使他的父亲和哥哥们回过头来，好在这时什么人也没有，就连忙将棺材盖打开，让他睡在里面，把棺材盖上，并露了条缝，一口气抬回家里，一家人装得他真死了一样，哭哭啼啼，第二天把空棺材抬到山上埋了，村里和邻近的人都以为他真的死了，谁也不知道他其实还活着。"

"这人就是他自己。"这时白政委说话了。

这时他手指着脑袋顶上已经医好的疤痕给大家看，其实大家已经看不清楚了，"这是真的吗？"当中都在问，白政委回答大家："是真的。后来他又走上革命的道路，今天又和你们成了战友。"

"英雄，英雄。"大家不停地说出这两个字，要不是晚上准能看到大家已经举起了大拇指。

由于那个英雄说得那样动神，不知船已开了多少路，也不知道肚子的饿，也忘记这是什么时候，实际上人家早已吃过饭上床睡觉了，大家从早晨到现在整整一天没有吃过东西，有的同志说"肚子饿得贴到背了，有点难受，但是听着这位英雄的事迹，这又算什么呢？"

白政委说："大家再忍耐一下，不远了。"

黑夜里，船还在徐徐地行驶着，沿途许多同志逐个上了岸，最后只留下白政委、邓秘书夫妇和应焕贤，半夜里到达了一个僻静的山村，走进一间新建的大瓦房里，是一幢廿多小间组成的四合院，但里面空无一人。

过了一会儿便有人走来安排饭食和睡觉等事。

其实这里就是会议的地点。

天亮时，宁波方面的郑（陈）同志也到了，大家开始做会议准备工作，第二天会议正式开始，用了五天的时间，最后组成特委，并定下各项决议。

白同志任浙南特委书记兼组织部长

王同志任浙南特委常委兼农运部长

邓秘书任浙南特委常委兼宣传部长

郑（陈）同志任浙南特委执委兼军委

应焕贤任浙南执委兼农运部长

通过整编红十三军的方案，如何加强党的领导，发动群众进行秋收斗争，开辟苏区等决议，会上还做好的分工。

应焕贤从永嘉回到永康，带回了什么？且看下一章。

第二十四章　游击改编　红军三团

　　那是在应焕贤回到永康后，中共永康中心县委立即召开会议，结果应到会的人员无法到齐，会议没法开成，金丁亥和陈和平联系不到，徐英湖在四十四坑工作时被捕牺牲，只找到李立卓，通过李立卓找到王振康和楼其团。

　　面临这种情况，应焕贤召集李立卓、楼其团、王振康等人召开了一个碰头会。

　　会上应焕贤首先传达了浙南特委的组织情况，会议的经过及这次回永康的工作任务。

　　应焕贤最后说："根据特委的指示，我这次工作完毕以后，必须回浙南特委工作，所以永康中心县委等着需改组，你们立即准备召开县委会议，产生出新的永康中心县委。"

　　"这个工作我来安排。"李立卓说。

　　"那我们就研究一下整编红军问题，浙南红十三军，即中国工农红军第十三军，这支军队是根据中共中央的指示，于1930年四五月间建立的，是在当时中共中央军委领导下，编入正式序列的全国十四支红军之一，军部设在永嘉县五尺村，军长是1921年就加入中国共产党、1926年曾率北伐军六十七团驻防永康的胡公冕，军下面设3个团，第一团由永嘉、平阳、瑞安一带的30多支游击队组成，下辖3个大队，约有3000人；第二团以台州地区温岭、黄岩一带的游击队为基础，团下面也设 3 个大队，并有一个直属特务队，在 10 月份这个团约有 700 多人；第三团就是由永康、缙云和仙居等地的游击队组成。"

"那我们就是第三团了。"王振康说。

"是的，红军的编制是三三制（三个连为一营，三个营为一团）枪支弹药的来源，根据特委的决定必须向敌人夺取，打地主豪绅没收的财物，除分给贫苦农民之外，剩余的作为军队的给养，官兵一律平等，每人每月二十元。"

"这样的话，现有的枪支和人数只能编为两个营，东阳、义乌方面据以往徐英湖报告已有武装在永康义乌边界地区（鱼槽头一带）有几十个人，十余支枪，他们打土豪很勇敢，我们应派人前往联系，关于金华、武义方面已有红军活动，胡斗南牺牲后失去了联系。"楼其团说。

"东阳、义乌、金华方面待新县委成立后再派人去联系。"应焕贤接着说，"红三团直属永康中心县委领导指挥，必须按期向永康中心县委汇报执行任务的情况，遇到大事件必须首先向永康中心县委请示，然后进行活动。

"永康中心县委负责对红军的领导，按照上级指示下达命令，并根据当时当地的实际情况作必要的指示，红军活动除了协助农民打土豪劣绅之外，还应袭击国民党的保安队，乡村防团，平时分散到群众中去，只要一有任务立即集中，与农民朋友结成不可分割的血肉关系。"

当天下午在方山口集中队伍，宣布将永康、缙云、仙居和义乌的一部分红军游击队改编为红十三军第三团。

团长程仁谟，政委楼其团，政治部主任宋桓。

下设二个营和一个独立中队。

红军游击队一中队改编为红十三军第三团第一营，营长王振康，党代表楼其团；

四十四坑程仁谟部（第三中队）改编为红十三军第三团第三营，营长程仁谟，党代表由楼其团兼任。

独立中队的队长是仙居的金永洪。

整编红军后，应焕贤、李立卓、楼其团、王振康一起在下宅小学碰头，这时金丁亥和陈和平仍未联系到，因为时间关系，在应焕贤的指导下，于7月7日召开中心县委会议，改组永康中心县委，会议决定：李立卓、楼其团、王振康任常委。金丁亥、陈和平为执委，胡有林为永康中心县委与浙南特委之间传递文件的交通员，李立卓继任中心县委书记。

根据上级的指示，应焕贤返回温州参加浙南特委的工作。

红三团最初的部队，只有两个营，后扩编为三个大队和一个独立团，大队长分别为王振康、王伸、吕岩柱，独立中队队长是金永红。

到8月底，红三团又组建了九个大队，大队长依次是：钱双全、卢泽堂、徐金宝、程昭田、任关金、杨家尚（后为应宝珍）、章德福、徐章苗、施顺山。

这些部队主要活动在永康的三十四坑、四十四坑，缙云的西施、道门、白竹，仙居的曹溪、杨岸一带，成为令国民党浙江省政府十分头痛的一支力量。

苏浙皖三省"剿匪"总指挥熊式辉专门召集会议研究"剿匪"，所属的各省、各县当然不敢怠慢。

8月17日，楼其团从仙居带出一支七八十人的红军，红三团的三营营长程仁谟带队到冷水白岩迎接，两军会合后，共挑选出八十人在仙居的徐山殿集中后，直奔缙云的金竹村缴枪，几乎兵不血刃，就缴了五支步枪、一支驳壳枪。

土豪劣绅不甘心，暗中派人向壶镇区署报告。

第二天，仙居红军和红三团两支部队在唐市吃中饭时，有人报告，省保安队和缙云县壶镇保卫团共 200 多人正气势汹汹赶来"围剿"。

红三团团长程仁谟马上做出迎战的准备，自己和钱双全、丁金龙等十余人守住村庄的城墙，其他所有力量立即在唐市钱岭外一带迎战，双方交战了好几个小时，仍然分不出胜负，红三团的指挥认为这样打下去对我军不利，就决定突围。

在突围中击毙一名敌人后，其余的敌人霎时乱了阵脚，闻风而逃，我军乘胜追击，击毙敌人五名，缴枪五支，然后安全撤退，红军毫发无损。

8 月 19 日，吕思堂率领的工农军一百余人，楼其团到仙居带出陈加谟部七八十人和红三团一百余人在上朱村大晒场上会师，共同召开了联席会议，陈加谟部红军留下与红三团密切配合，共同在永康开展打土豪缴枪活动。

8 月 20 日，永康红军主力和仙居红军选了八十人一起到胡库缴枪，驻防古山的省防军和保卫团慌忙前来解救，红军当即向派溪方向后撤，当古山的省防军和保卫团赶到前留时，红军已占领了一块高地，双方交火两三个小时。

直到夜幕降临，省防军和古山保卫团考虑夜间不利于作战，就下令撤回古山，红军也撤到岩上街几幢比较隐蔽的房子里驻扎。

8 月 21 日，当红军回山走到西村时，有群众前来报告："省防军已经过牛和岭，进入三十四坑了，我们数了一下，足有四十八个人。"

红三团接到报告后，根据各方面的情报迅速布置了一个周密的在四十四坑打击敌人的计划。

把红军分两路回山，一路由王振康率领最精锐的部队经古竹桥追击省防军，一路由应宝珍率领经后箬岭到四十四坑。

这时国民党永康县政府兵分三路，开往三十四坑和四十四坑围剿红三团。

第一路是驻古山的省保安队和古山保卫团，经过独松、铜山，直扑永缙边界的上朱、西施，这一路扑空，没有遇上红三团的队伍，就经过壶坑洞、黄溪滩返回古山。

在回古山的路上抓了两个给红军送信的人，一个叫施顺风，一个叫卢岩周，卢岩周在路上就被杀害，施顺风被带到古山后，受尽酷刑，最后被剖心肝而牺牲。

第二路是驻县城的保安队，从岩下街岭开进三十四坑，再经过古竹畈，开到四十四坑，直扑方山口一带，搜索红三团部队。

第三路是六里保卫团，从县城出发，翻过峰岘岭，开到三十四坑，结果没有找到一个红军的影子，又经过后箬岭，开到新楼的方山口村，与省保安队会合，劫走了红军从胡库抓来的土豪，四处寻找红军没有结果。

六里保卫团和省保安队在方山口会合的时候，他们做梦也没有想到，红三团早已对他们形成了包围之势：应宝珍部在凌宅至方山口之间的小山岗上埋伏，王成品部在上丁与凌宅之间的高地埋伏，这两部分队伍截断敌人的退路；

钱双全率部把守桃树岭，防止敌人从桃树岭方向突围；

朱老四率部把守在铜山岭；

程仁谟率部把守在水坑口，专门等候敌人进入伏击圈，附近的老百姓为红军送饭送水，积极协助红军作战。

六里保卫团和保安队正在方山口吃中饭，忽然听说红军已从凌宅方向追来，不禁猛吃一惊，慌忙从村中撤出，有的向两侧山上逃跑，立即受到了红军的阻击。

敌人见两面山上都有红军的埋伏，只好向方丘、铜山逃窜。

但是，当他们逃到水坑口的上朱岭脚时，迎面又遭到红军的阻击，走在前面的六里保卫团首当其冲，很快就丢下了几具死尸，其余的继续向铜山岭头逃去。

这时，埋伏在铜山岭头的红军朱老四部犹如猛虎扑羊，奋勇杀来，红军战士朱岩金一个人就连杀了保卫团的五个团丁，其余团丁好不容易逃过朱老四部队的追杀，来到桃树岭前又遭到了钱双全部的痛击。

于是，死的死，伤的伤，六里保卫团溃不成军，有的团丁只好丢下枪支，装扮成老百姓逃脱。

走在六里保卫团后面的保安队，在上朱岭脚遭遇红军阻击后，慌忙转身往方山口方向逃回来，当他们逃到凌宅附近时，又遭到了应宝珍率领的红军伏击，转眼间，就被打死了好几个，于是他们就向泉井坑方向溃逃，可是当逃到泉井坑时，又遭到了红军更强有力的打击。

四面山上都是红军的队伍，保安队像热窝中的蚂蚁，不知往哪儿逃，后来只好拼命钻入树林之中，结果，保安队被红军围困在山上整整两天三夜，在山上没有充饥之物，竟然摘下油桐果子来啃嚼，后来成了当地百姓的一个笑话。

这一仗，红三团打出了军威，共打死保安队员和保卫团团丁三十多名，缴枪五十余支，而红三团几乎没有伤亡。

此后，在永康城内作威作福的省保安队一提起红三团就心惊肉跳，长期不敢进犯四十四坑，至此六里保卫团不久就解散了。

永康中心县委遭到了巨大的损失，究竟遭到什么损失？且看下一章。

第二十五章　面对酷刑　宁死不屈

那是在 1930 年 8 月 26 日，农历七月初三这一天，正是农忙季节，李立卓回家帮忙收割稻谷，稻谷还没收到一半，匆匆来了一个年轻人，李立卓不认识，但还是放下手中的活接待这位年轻人，那人说："我是团长派来报告的。"

"你别着急，慢慢说。"李立卓看那人说话有点着急就安抚着。

"前几天仙居独立团红军来永康，每个人有一长一短两支枪（实际都是土造的），我们永康的红军十分羡慕，永康红军刚从省防军和六里保卫团手里缴来的快五响和驳壳枪，又使仙居红军眼谗，有几个人竟强行夺枪，因此两部分红军产生了矛盾，仙居红军一气之下就不辞而别，拉起队伍就回仙居去了。"那人还是结结巴巴地说。

"团长怎么说？"李立卓问。

"团长说，要化解两部分红军的矛盾，继续协同作战，他没有好办法处理，只能请你跑一趟才有回转的可能。"

"是这样。"李立卓二话没说就放下手中的一把稻谷，也顾不上与妻子交待，转身回到家穿了一套长衫，收拾一些伪装用的行头，一刻也不停就与这位年轻人一起走了。

仙居的红军从永康回去经过磐安的白岩大溪湾时，被大皿保卫团知道后，就从黄泥田方向追过来，壶镇的保卫团得到情报后也从潘潭冷水方向打过来，双方交战了一会，仙居部队为了保存实力只能决定撤退，但现场已一片狼藉。

李立卓与这位年轻人分开后，只身追赶仙居的红军，因为对仙居红军的不辞而别，将会影响来之不易的大好形势而着急，到了傍晚时分，还没有仙居红军的任何信息，急着赶路，歪打正着迷路到了这个地方，刚巧碰上了大皿保安团。

大皿保安团的人在这种地方碰到一个陌生人，怀疑李立卓是红军的密探，就把他紧紧地围住，其中一个头头样子的人问："你是干什么的？"

"我是看坟地的风水先生，今天迷路了。"

"哦，给我搜一下。"随着他的一声令下，几个人对李立卓上上下下搜了个遍，结果真的只搜出一个看风水用的罗盘，交给了头头，其实这个头头就是这里的土豪羊老六，羊老六接过一看，确实是一个罗盘，看坟地用的，就说："晦气，算了。"

围着的人刚散开，李立卓暗暗地刚松了一口气，还没有等这口松下的气到地，狡猾的羊老六眼珠子一转，觉得不对，因为李立卓的说话一听就是永康的口音，似乎值得怀疑，就下令："先带回去再仔细查查。"

李立卓没有办法，就这样被羊老六的保安团带到了大皿的祠堂。

在祠堂里用了半天的刑，李立卓只说是到某家去踏勘坟地的，其实保安团也找不出破绽，似乎也知道抓了一个没有价值的人，为了下台就放出风来只要有人前去作保，就可以放人。

恰在这时，有两个补铜壶的小五金工匠经过，满路招呼着生意，李立卓听口音是两个永康人，就招呼问："两位师傅是永康哪里人？"

"你不就是前黄的风水先生吗？我们都认识你，怎么回事？"两个永康人看到李立卓被捆在祠堂的柱子上，已打得遍体鳞伤，表面上显出同情的样子，心里其实已打着另外的小九九。

"唉，一言难尽，能否辛苦一下两位，给我带个信回永康，叫家里人前来保释一下？"

"在外都是一家人，有什么辛苦不辛苦的，你放心，我们马上回去报信。"

李立卓信以为真，以为家人前来保释了就可以继续往前完成没有完成的工作，不料这两个人是被地主豪绅所收买的人，特意在这一带打听情报的，一转身就去告诉羊老六说："这个就是永康前黄的李立卓，是共产党的大头子，在永康领导农民减租，上下三处的财主都吃了他不少的亏。"

大皿土豪羊老六是残忍出名的人，听见这些话就怒从心中起，恶向胆边生，认定李立卓是永康共产党的大头子，要从他口中得到共产党的机密，好去报功请赏，就指使手下扒光李立卓的衣服，将他绑在柱子上，用焚香一根一根插在捆绑的绳索上，并点燃焚香，让燃烧后的香灰掉在他的身上，刚燃完的香灰足有上百度温度，一掉到皮肤上瞬间就看到身上冒起了一个一个的血泡，这是古今中外没有见过的酷刑。

当地的群众见李立卓额头上不断地冒出豆大的汗珠，仍然没有屈服的意思，暗暗佩服。李立卓为了减轻疼痛，更是为了激励群众的斗志，还给群众讲关云长刮骨疗毒的故事。

第二天李立卓被带到壶镇，壶镇的保卫团为了逼他屈服，用竹棍放在李立卓身后，把他两手捆绑在竹棍上悬空吊起，脚上扎上二十四斤廿两（当时的一种老秤，比现代的一斤重）重的铁链，然后在两腋下和胸口捆上蜡烛，并点燃，让蜡烛燃烧后流出的蜡油流在李立卓的身上，每一滴蜡油流到他的身上都还会流淌，不时地发出"吱，吱"的声响，一条条的蜡烛流痕一下子就变成了一条条的血痕，这就是很少用的所谓"蜡烛流膛"的酷刑，又一说"点天灯"，这是只要活的生命都接受不了的痛苦。

这种痛苦李立卓连挣扎的余地也没有，只能暗暗地把这种痛苦吞到肚子里，疼痛得一次又一次地昏死过去，每次等来的是一盆冰冷的冷水，还有动刑人的哈哈大笑，借以来逼他招供。

也就是在这个时候，来了一个永康人，敲开了壶镇保卫团的大门。

"这是你要进就能进的地方吗？"门开后这个永康人也不知是哪来的勇气急急地就要进门，开门的团丁横着一杆长枪把他挡在门外说。

"我是来给你们送钱的。"永康人说着从口袋里掏出一叠钱在团丁眼前晃动。

"谁让你送钱的？"这个开门的团丁还是寸步不让。

"我来保释一个老乡。"

话音落地，从里面出来一个不扛枪的人，这个扛长枪的人马上把枪竖了起来，永康人以为有了机会，就装出笑容说："有一个被抓的人是我的老乡，我用钱来担保。"

"你也是共产党吗？"那人像豪绅的样子，不慌不忙地问。

"我哪里是共产党，是一个普通的老百姓，在这里做手艺，听到有老乡有难，前来帮衬一下。"永康人边说着边将钱递给他。

那人看了看钱，一时不吭声，永康人以为是嫌钱少就马上接着说："钱不够的话我回去拿。"

"这是钱的事吗？"

"那是什么事？"永康人觉得李立卓在大刑面前都不招供，是个大英雄，值得佩服。

"你再啰嗦，我就当你也是共产党，一同治罪。"那个豪绅却恶狠狠地说。

"谁要保他也就是共产党。"说着这个永康人就被轰出了门外，一时也没了主意。

缙云县长得到壶镇保卫团抓了一个共产党大头目的消息后，迫不及待地赶到壶镇要把李立卓带到缙云审讯，也想分到一份功劳，

狡猾的大皿、壶镇土豪劣绅，生怕搞不好会放虎归山，自己受害，坚持要就地解决。

这时李立卓感到了无生还希望，就视死如归，理直气壮地说："不错，我在上海参加共产党就是为了救国救民，让人民过上好日子，头可断，血可流，要杀便杀吧，要想从我口中得到共产党的机密是不可能的，今天你们杀了我，以后自有更多的人为我报仇，共产党员像方箩里的芝麻一样多，你们是杀不光的。"

接着又面对人群宣传为共产主义理想而奋斗是正义的，一定能取得最后的胜利

29日（农历初六）李立倚派人赶回前黄告诉李立卓妻子陈宝花说："李立卓在方山大皿遭土豪劣绅逮捕，已押解到壶镇，组织上正在设法营救，家里人也想办法托人前去保释。"

陈宝花想来想去，似乎也没有可托之人，只找到一个叫章亲的亲人，带保状前去保保看。

第二天，章亲还没有出门，一个叛徒就带着省防军来到前黄抓人，前黄的程兴瑶、胡有林被抓后绑在柱子上，家里翻箱倒柜搜了个遍，值钱点的东西全被拿走。

程兴瑶，表面看起来是一直在家种田，没有离开过田头，其实一直在做共产党的工作，逮捕后，由于证据不足还是把他放了，后离开永康，去江西靠补鞋、修电筒为生。

胡有林，成为浙南特委的交通员后，一直来往于温州和永康

之间，这天是刚有任务回永康，念着家里的妻子有身孕在身，况且已有好长时间没有在身边照顾妻子了，就想着回家照看一下，不料碰上这样的事，后被枪杀在永康县城。

章亲听说外面到处戒严，整个永康的空气都好像凝固一样，路上不好走，也就不敢去。

这时陈宝花一时没了主意，一个商量的人也没有了，真是叫天，天不应，叫地，地不灵。

此时刚好有一个讨饭人经过，陈宝花急中生智，心想：委托一个讨饭的人先去探探消息，然后再想办法。

这个讨饭的人大家都叫他圆太公，陈宝花说给他一百个铜板让他去壶镇跑一趟，打听一下李立卓的消息，圆太公是一万个愿意，接过铜板就上路了。

圆太公走到岩下街，就碰到了国民党警察戒严，被搜去所有的铜板不说，还说他是侦探，吊起来毒打了一顿，被打得遍体鳞伤，不敢再上前半步，回来与陈宝花诉了一大通的苦。

28日（农历初五）壶镇的豪绅把李立卓枪杀在壶镇的溪滩，就义时李立卓高喊："中国共产党万岁！""红军万岁！""苏维埃万岁！""打倒土豪劣绅！"

李立卓牺牲的消息传到黄余田地区，当地的老百姓都流下了辛酸的眼泪，称他是共产党的大英雄。

李立卓被捕后，卢湛等战友马上赶到永嘉楠溪红十三军军部，请求当地红军前来攻打缙云县城，营救战友。

8月31日（农历初八）政治部主任陈文杰率领部队进攻缙云县城。

这一天凌晨，红一团抵达缙云县城外时，国民党军队早已在铁索桥的西北桥头构筑了工事，用轻重机枪把守，由于守军火力很猛，红一团根本无法前进。

在这紧急关头，红三团所属的仙居独立中队和尹成明部的仙居游击队挑选出十多名神枪手，组成"敢死队"，冒着守军的枪林弹雨，沿桥面匍匐滚爬，迅速冲击对面桥头，击毙了守军的机枪手，使红一团的部队顺利通过铁索桥，一举攻克缙云县城。

部队进城后，第一时间打开监狱大门，放出先前被捕的杨玉水、周友章及一大批劳苦的大众，可是找遍所有监牢就是找不到李立卓，谁也不知道李立卓三天前已在壶镇壮烈牺牲。

也就是红军攻打缙云的这一天，家里人估计李立卓一定会转送到缙云县城去，陈宝花就雇了顶轿子往缙云赶。

陈宝花刚过前仓，就碰见许多从缙云县牢里放出来的人，说是红军攻进城，把他们放出来了，陈宝花这时心想有希望了，接着就是一个又一个地问，但回答都是不知道，后来才问到一个知情人说："李立卓初五牺牲在壶镇了。"

陈宝花调头回到家不敢大声哭泣，生怕孩子也遭殃。

但是有祸总是躲不过，当天大儿子李昌豪也被乡丁抓走，幸亏爷爷李良央是个有面子的人，求姑姑，告奶奶，才把孙子放了出来，从此一家人不敢再说一句话，有泪也只能咽到肚子里。

后来是李立卓姐夫吕金禄亲自到壶镇去找到当年收葬的人，才把尸骨收拾回家安葬。

李立卓在壶镇牺牲后，红军士兵个个义愤填膺，要求为李立卓报仇，当时的红三团领导人会作出如何选择？且看下一章。

第二十六章　攻打壶镇　一触即发

那是 1930 年 9 月 5 日的早上，壶镇。

红三团在配合红一团取得攻打缙云县城胜利的第三天，也就是 9 月 2 日，红三团的领导人楼其团、程仁谟、宋桓、钱双全、卢湛、卢玉标等，在四十四坑方山寺举行会议，会议的主要议题是下一步的作战计划。

"壶镇是缙云东部的一个重镇，是沟通永康、东阳、仙居、缙云四县的重镇（磐安当时属永康，现磐安与仙居交界的地方，就是当时永康与仙居交界之地），占领壶镇，有利于红三团与红十三军其他部队的联系和配合。"宋桓说。

"李立卓同志被壶镇的保卫团害死，我们一定要为李立卓报仇。"卢湛也捏紧了拳头重重地落在桌子上说。

"我们红军接连取得唐市战斗、铜山岭战斗和攻打缙云县城的胜利，大大地鼓舞了红三团指战员的士气，借指战员的士气，我们应该乘胜追击，打他一个措手不及。"程仁谟也往击桌子上捶了一拳，信心十足地说。

"好，那我们就定一个时间。"这时楼其团也被同志们激起来了。

"我们要干就干一个漂亮的，干脆就趁热打铁。"与会的人七嘴八舌地说。

楼其团低着头沉思了好一会儿，在场的每一双眼睛都静静地盯着政委的表态，也不知过了多久，楼其团在地图前还在思考着。

"就明天吧！"程仁谟团长是个急性子。

"不行，我们没有准备的时间。"楼其团否定说。

"现在是士气高涨，像干柴一样，只要一碰火就着，发动一下是很快的。"

楼其团这时也被同志们逼得没了退路，就随着大家的一股热情说："那就决定在9月5日（农历七月十三）攻打壶镇。"

"好，这次我们要打个痛快，不但要报仇，还要让他们付出代价，到时就是豆腐反过来烤烤了。"大家说着，就是一阵哈哈大笑。

9月3日，在方山口召开了九个大队及中队长以上的骨干会议，具体部署攻打壶镇的计划，红三团分五路向壶镇进攻。

第一路，由宋桓、卢茂兴（白竹人）率400多人，从下施、石龙头进攻；

第二路，由程仁谟、楼其团率200多人，向壶镇大桥头进攻；

第三路，由金永红率仙居独立中队带100多人，从沈宅方向进攻；

第四路，配备500多人，从赤岩山进攻壶镇；

第五路，从白龙五里牌进攻壶镇后塘。

仙居金永红率独立团中队是一支十分精锐的部队，是主力，布置派人通知前来参战。

根据会议制订的作战方案，在组织向壶镇进攻的同时，团部又布置了侧后的防卫工作，派出六大队杨家尚部的一个班防守牛筋岭，胡宝火部的一个班防守耳朵岭，舟山到壶镇的必经之路任田岭由一个班防守。

上午会议结束，各路队长接到命令后马上就开始行动，下午就有红军队伍从四面八方汇集到新楼一带。

楼其团手拿爱国伞，程仁谟胸挂望远镜，站在新楼的大路口迎接各路部队的到来。

9月4日上午来的人就更多，前黄村也很快组织了夏老呆（是前黄李水奎的外甥，长期居住在前黄）、李昌炽、李立林、小有福、李文林、大有福、胡亚汉、王如山、潘正加，以及桥头周的周长秋和周岩寿等十几个人，由夏老呆带队参战，这两天新楼、大路任、上丁、下丁、西岸、柿口、方山口等村庄都住上了红军部队。

参加战斗的人员在规定的时间全部到位，总数有1600多人，但成分参差不齐，有的是长期在山区武装斗争的部队，有的是平时在家生产、有情况集中行动的革命骨干，有的则是第一次动员起来参加战斗的革命群众，还有的是跟随部队的普通农民，其中只有第一部分人员战斗力比较强，其余人员，既缺乏严格的政治教育和军事训练，更缺乏实际作战能力。

9月4日下午，红三团在下丁村附近田畈召开了动员大会。

战士们个个胸前斜系着红布条，红布条上写着部队的番号和战士的姓名。

政委楼其团在会上动员大家："我们要打倒反动派，打倒土豪劣绅，我们穷人太吃亏了，有血性的人们要起来打倒他们！"

团长程仁谟也在大会上讲了话，宣布了纪律，部队打进壶镇后，不准烧杀抢，如有违反，必将严惩。

全团战士摩拳擦掌，士气高昂。

到了深夜，随着指挥官的一声令下，红军战士们带着土枪、土铳、抬枪、竹扁枪、马刀、棍棒、稻秆叉，抬着土炮，雄赳赳气昂昂地从新楼出发。

这天晚上是农历十三，应该是一个月亮夜，但当时缺乏气象的信息，天公不作美，居然碰上大雨天气，乌云密布，月亮也吐不出一丝光亮，一路漆黑，加之山路崎岖，战士们在沿途似乎无法行走，有的人就点起了稻草火把，似乎既照亮了路途，又壮了声势。

本身大张旗鼓地宣传发动已经暴露了目标，这样一来再次暴露了行动的时间。

部队到达缙云北山时，因雨后雾大，大家都把头上的小凉帽甩掉，加速行军。

到达壶镇时，天才蒙蒙亮。

战斗从黎明时分开始打响，一直交战到午后，双方打得非常激烈。

楼其团亲自指挥的壶镇大桥这一路，对方用机枪和铜炮组成的强大火力，根本无法冲过去。

红军战士曾经用浸湿的棉絮顶在头上组织冲锋，还是无济于事，桥面上事先被放置了许许多多的毛竹筒，战士们要冲过去，就必须既防着敌人的子弹，又得注意脚下，步步艰难。

此时，楼其团曾想：按照平时掌握的信息，在这个桥头根本不可能有这么猛的火力，看到桥面上的毛竹筒，有点怀疑敌人是有准备的，难道这次战斗走漏了风声。

"报告，仙居的金永红部队还没有到达预定的地点。"楼其团正在分析时有人报告说。

"几点了，是什么情况？"楼其团这时有点火气。

"我们派去联络仙居金永红部队的人被国民党抓捕了，透露了作战的方案，壶镇方面早已做好了抵御我们进攻的准备。"

"什么？"程团长没等报告人员把话说完，就大发雷霆。

"让他把话说完。"楼其团拦住程仁谟，并对报告士兵说：

"你说下去！"

"壶镇方面还破坏了北路通往壶镇的石龙头石板桥，又在壶镇大桥的东头高垒沙袋，架起土炮和机枪，拼命阻击，仙居独立中队在中途受到国民党军队的阻击，无法赶来参加攻打壶镇的战斗。"

"难怪！"楼其团这时不停地踱起步来，因为失去了红三团中一支战斗力较强的部队，给这次战斗造成的后果是可想而知的。

"怎么办？我们桥上根本冲不过去，好溪溪水还在暴涨，人员无法涉水过河作战。"程仁谟着急地问。

"坚持！无论如何也要攻下来。"楼其团斩钉截铁地说。

"报告！舟山的保卫团突然从任田岭方向朝红三团的背后扑来。我们已前后受敌。"又有士兵报告说。

"什么情况？不是有一个班防守的吗？"楼其团大吃一惊。

"这地方根本没有人员到位。"

"怎么没有人督促到位，留下这么大一个口子？"

原来，壶镇守敌眼看招架不住，就派出信使，悄悄地从下游泅过好溪，急奔永康舟山，请舟山保卫团前来助战。

本来已经十分疲惫的红军顿时陷入了腹背受敌的境地，很快就遭受了惨重的伤亡，无奈只好下令撤出战斗。

这次战斗牺牲了30多人，损失土炮4门，枪支若干，重要的红军骨干杨家尚在战斗中英勇牺牲，红军战士被俘后，被割下头颅，挖掉心肝，暴尸荒野。

攻打壶镇失败后，国民党对红三团的余部疯狂残杀到什么程度？且看下一章。

第二十七章　攻打失利　烧杀遍地

那是 1930 年 10 月的永康。

10 月初，国民党浙江省政府派省保安第三团、第七团开往永康、缙云，同时命令各县的保安队和乡村保卫团密切配合，配备了迫击炮和轻重机枪，对红三团余部展开"清剿"。

省保安处处长竺鸣涛亲自坐镇永康指挥，省、县保安团在永康、缙云、仙居的边境集镇设立"清剿"指挥分部，在交通要道设立据点和关卡；每天下午七点至上午六点的时间实行戒严，凡在这段时间里，村庄以外的行人，一概当作土匪论处；戒严范围内的山区，小村并入大村，山区实行封山，山棚不准有炊烟，各乡镇设立"自新站"，催促红军人员自首。

国民党浙江省保安第七团民国十九年《工作报告》记载：

9 月 22 日，国民党军队从永康县城直扑龙溪山，与地方保卫团和警察一起，对红三团所属的一部分红军发起进攻，在激烈的战斗中，有 10 余名红军战士牺牲，其余突围。

同在这一天，国民党军队分别从缙云的左库、西施方向，从永康的派溪、独松方向，从方山口、铜山方向，对红军发起围剿，发生多次战斗，九名红军战死，两名红军女战士被俘。

9 月 30 日、10 月 1 日、10 月 13 日，在永缙交界山区又相继发生战斗，其中 10 月 13 日，是缙云和永康两县的国民党军队合力"围剿"红三团余部。

在缙云的左库一带，国民党军队遭到红军的猛烈抵抗，但终因寡不敌众，红军被迫撤退，在这次战斗中，又有 16 名红军战士牺牲。

10 月 16 日，国民党军队又在金坑岭一带"围剿"红军，10 多名红军战士被砍下头颅。

10 月 24 日，红军在缙云的白竹村又遭到国民党军队的袭击，有 3 名战士牺牲。

其他一些资料也记载了国民党在这段时间里对红军、对群众实行疯狂镇压的情况。

11 月 9 日，在缙云的三溪村枪杀了 10 名红军战士和 6 名红军亲属。

11 月 12 日，在永康、缙云、仙居各县，同一日内共枪杀了 30 名红军指战员。

11 月 18 日，国民党军队在永康方山口村枪杀了 12 名红军战士和 5 名红军亲属。

国民党军队还到处烧毁民房，抢劫财物。

在红军经常活动的缙云县白竹村，一日之间 227 间民房悉被保卫团烧为灰烬，整个村庄，基本上都是后来重建的房屋，故白竹村又有"新屋"之称。

12 月 8 日，在永康的舟山、新楼、前仓和缙云的一些地方，又有 200 多间红军亲属的房屋被烧毁。

从 1930 年 10 月至 1931 年 1 月间，就有 120 多名红军战士和革命群众被枪杀，180 余名红军战士和 30 名红军亲属被投入监狱，400 余间房屋被纵火烧毁。

在国民党的威逼利诱下，一些意志不坚定的人叛变投降了，叛变后，还带领省保安团到处搜捕红军战士。

在重兵的"清剿"中，红三团的大部分人员已经失散，为了减少敌人的搜捕目标，保存革命力量，红三团决定分散隐蔽活动。

吕岩柱等100多人转移到磐安一带。

王振康等30多人隐蔽在方山口一带，还有一部分红军战士分散回家。

楼其团回到仙居一带山区坚持斗争。

红三团攻打壶镇失败，是有多方面原因的。

除了国民党的力量过于强大之外，当时受李立三"左"倾主义错误指导思想的影响相当严重，党中央在这一年的6月11日作出的政治局决定中认为："在全国革命高潮之下，革命可以在一省或几省首先取得胜利——建立全国革命政权，成为党目前战略的总方针。"

在永康处于白色恐怖期间，应焕贤去了哪里？碰到了什么情况？且看下一章。

第二十八章　焕贤回温　刀俎余生

那是在 1931 年春的杭州。

应焕贤从上海回永康路过杭州，就去清泰门江干老高师娘饭店，因为这个饭店是永康下高人开的，凡是永康人路过杭州都要在她家落脚，或吃顿饭，或住上一晚两晚的。

应焕贤来到这里的目的是歇一下脚，填个肚子，更重要的是想探听一下永康目前的情况。

应焕贤一踏进门，老高师娘忙迎了上来，因为都是老熟人了，也没有较多的客套话，终究是生意人，一见面就是满脸的笑，转眼在老高师娘的笑脸中，似乎把视线转移到应焕贤的身后，应焕贤忙回头，看见老战友黄子清（化名）和胡延寿（化名）两人急匆匆地从街上冲了进来，应焕贤根本没有注意两人的脸色，一见是熟人就喜出望外地迎了上去，热情地伸出双手，可黄子清把伸出来的手又缩了回去，并说："我去解个手。"说着就离开了，胡延寿也没有把手伸过来，弄得应焕贤一脸的尴尬。

这时胡延寿反而是板着一副丑脸，抓住应焕贤的手就往饭店里面走，一边走一边说："焕贤，今天要对不起你了，我们已经在保安团就职，你必须跟我走，否则我们没法交代。"

这时应焕贤被动地跟着往里走，好像眼前拉着他的人仍然是一个革命的同志，一个好朋友似的，无非是闹着玩的。

过了好一会儿，胡延寿的表情始终没有改变，看着还是那么可怕，应焕贤这才反应过来，估计他俩已经投敌了，现在是来抓革命同志的，也就变了一个表情，并严肃地对他说："一个革命者决不会在任何反动势力之下屈服，我坚信革命必定会成功，反革命者只能暂时的猖狂，迟早总是要灭亡的，今天既然遇到你们，我也没有什么可怕的，你要怎样就怎样吧!"

　　胡延寿停了一会儿，好像在犹豫什么，脸上的表情变得有点不好意思，好一会儿，才长长地叹了一口气说："你要理解我，其实我也很无奈，实话说我们也怀念着党，终究是党培养我们成长的，只要有机会，我还是——"

　　此时此刻，应焕贤出现了有点瞧不起他的表情。

　　"你为什么到这里来?"胡延寿接着就问了一句。

　　"我想回永康活动。"应焕贤没好脸色地回答着。

　　"永康没有人了，而且形势很紧张，你去也找不到人了，况且很危险。"

　　没等到应焕贤有所反应，胡延寿好像一下子想起了什么，猛推了应焕贤一把说："你快走，我只能帮到这了。"

　　应焕贤马上领会到胡延寿的意思，向他点了一下头，出门就跳上了人力车快速离开。

　　应焕贤是 1930 年 7 月 7 日指导永康中心县委召开会议，对永康的中心县委进行了改组后接到上级组织的指示离开永康，去当时浙南特委所在地永嘉工作，由于浙南特委的管辖范围是台、温、处三个旧府所属各个县，永康中心县委所属的永康、东阳、义乌、宣平、武义、缙云等六个县，特委整个管辖范围约占浙江省的三分之一地区，工作量大，领导人员少。

　　在当时，我党的革命势力以永嘉、玉环、遂安、永康一带较为浓厚，天台、黄岩、东阳、义乌、武义、缙云等各个县都有党组织在不断领导群众作革命斗争运动，因此反革命的军队也不断地向这些区域调动，仅永嘉城里就住上了两个团的兵力，地方的团防也在不断地增加，还把活动的范围扩大到市镇，只剩少数乡下留有部分的空间。

应焕贤在特委工作了一段时间后，就集中到乡下去工作了几个月，各个地区的党组织，红军的力量都有了很快的发展，在玉环、遂安等地的作战中，也取得了一个又一个的胜利，为此特委发出通知，要求各县发动农民进行秋收斗争，有条件的地区立即建立苏维埃政权，扩大红军的组织。

同时号召每个党员在运动中都应起到核心的作用，工作一段时间后，取得了一定的成绩。

后来，情况一天一天变坏，郑同志在玉环被捕牺牲，不久，特委王同志被捕牺牲，隔几天邓秘书夫妇被捕牺牲，应焕贤与白同志就一直联系不上，永康交通员胡有林在回永康寮基时被捕牺牲，这时永嘉城里天天听到杀人的消息，人心惶惶，应焕贤随时都有被杀头的危险，工作环境十分恶劣，生活也无法维持，起先还有几样可以典当的东西，靠典当过日子，后来是没有一件可以典当的东西了，就在这个时候，又被警察抓走了。

应焕贤被警察抓的原因是：不是本地人，无职业，认为是可疑的对象，关了几天后，由于无证据，释放了。

这时的应焕贤不论在哪个方面在永嘉实在是生活不下去了，到上海找党组织是唯一的希望，就起身前往上海。

到了上海也不是轻轻松松就能找到党组织，况且党组织也是一个非常严密的组织，需要时间就得需要生活的支撑，没有生活的支撑，要找党组织也一时无法实现，所以上海也不能久留。

想回到永康去，也很难，因为永康县委发动秋收暴动、攻打壶镇遭到失败，李立卓同志牺牲，整个永康笼罩在一片恐怖之中。

应焕贤在山穷水尽的情况下，还是相信组织，准备回永康活动，希望东山再起，不料途经杭州又碰到了这样的事。

应焕贤乘人力车脱险后，就真的没有了去路，在杭州煎熬了几天后，想到在南京有个妻子的三哥，可他是国民党的军人，投靠他是不合适的，但在这里等死还不如先留条活命，留得青山在，不怕没柴烧，就硬着头皮找到了南京，以生活的关系住了一段时间，

1932年，得到经济帮助的他，在南京职业学校自动车系学习，但在学习中一刻也忘不了党的组织。

毕业后，就借故离开南京，回到永康寻找党组织。

到家的第三天，即被国民党反动派逮捕，在狱中受尽酷刑，国民党仍然一无所获，只能一直被关着。

1933年春天，应焕贤在狱中几乎病死，这时，各亲属极力设法保释在外就医，后用两个西医铺作抵押，把应焕贤从牢里保释出来。

应焕贤脱离虎口后已不能自己走路，就由家人雇了一顶轿子抬回，可刚到长城山背的时候，国民党又派大队人马前来追捕。

当时应焕贤头脑还比较清楚，听到马蹄声就觉得不对，马上让抬轿的家人钻到路旁的小树林，待人马过去后，就往十里牌方向而去，并拖着病体离开了永康。

过了几天，国民党反动派来到前黄寮基应焕贤的岳父家，翻箱倒柜地搜查了一番，没有搜到就恼羞成怒，把抵押的店铺和西医所封闭，并不断地追捕保人。

攻打壶镇失利后，李立卓的胞弟李立倚处境如何？且看下一章。

第二十九章　立倚被捕　被苫蒙荆

那是 1930 年 9 月的前黄。

红三团攻打壶镇失利后，一时乌云翻滚，妖魔乱舞，国民党的白色恐怖笼罩着永缙地区，反动气焰更加嚣张，疯狂地镇压革命运动。

9 月的一天傍晚，李立倚考虑到形势不妙，就做好了长期隐蔽的准备，在外出前回家与妻子招呼一下，本来是招呼一下就离开的，但已好长时间没有回家了，妻子让他先吃个热饭，李立倚也没有办法，只好留下来陪妻子吃个饭。

也不知是哪里走漏了风声，一队由 20 多人组成的省防军熟门熟路地包围了廿间头。

前黄的廿间头是一幢两层的砖瓦楼房，内设上下两个明堂，共有二十间房子，楼下一层各间用砖墙隔开，楼上即用简易的材料阻隔，间与间之间相通，楼房的四周有六个门口。

省防军四周包围后，由于房子比较大，还是找不到目标，带队的一个摊开一张图在寻找目标，好像是有人提供这张图纸的，当确定目标后，就有四五个兵一齐上来用枪堵着李立倚家的门口。

李立倚家简单的饭菜已经上桌，还是热气腾腾的，妻子在，几个孩子在，就是没见到李立倚的影子。

这时领头的用头示意了一下，几个人马上就冲进家去，上上下下地搜了起来，其实李立倚家的房子不大，一看就一目了然，搜只不过是摔掉一些东西而已，没有结果。

那个领头的就走到李立倚的妻子胡香云跟前："把李立倚藏哪了？"随着领头人的问话，几个兵也围过来用枪顶着胡香云。

"已经好久没有回家了，也不知道死在什么地方。"胡香云很镇定地回答，几个孩子目瞪口呆，大的抱着小的，靠在墙脚，大气不敢出一口。

"这怎么可能呢？是有人看到他回来的。"

"我们就这么一点地方，这么大一个人怎么说藏就能藏的。"

领头看样子无计可施，也无话可说，一双大眼睛紧盯着几个小孩子，不知道又有了什么鬼主意。

李立倚通过多年的地下党工作的磨炼，早已练就了一身好本领，还没有坐下来吃饭就感觉到外面有动静，马上把自己要用的碗筷收拾掉，并迅速上了楼，通过另外几间房子后安全地逃出了廿间头，躲进了一丘糖梗田里。

领头抓起一孩子凶巴巴地说："父亲在哪儿？不说我就毙了你。"

"不知道，我已好久没见到父亲了。"

"你也不说是吗？"说着就一把将孩子拖出门外，然后拔出手枪朝天开了一枪，并大喊："李立倚，你再不出来，我就把你的孩子和老婆都毙了，把整幢房子变成白地。"

李立倚在糖梗田里听到枪声后，咯噔一下把心抽紧了，没等有思路，家里又传来"呼！呼！"的两声枪声，敌人步步逼近，时刻不放松。

"再不出来，就放火了。"说着就从旁边拖了一捆稻草，并从口袋里摸出了一盒火柴划上火，在这千钧一发之际，"慢！"随着一声洪亮的声音，李立倚从门口走了进来，边走边说："我在这里，你们凭什么要抓我？"

"你就是李立倚？"

"我就是，生不改名，死不改姓。"李立倚斩钉截铁地说。

"捆起来！"领头下令，几个兵一起上来，不分青红皂白就把李立倚捆绑了起来。

李立倚就这样被省防军带走了，家里母子几个紧紧地抱在一起，一句话也说不上来，也不敢再看一眼李立倚被带走的背影。

李立倚被带到反动头子胡介庭的住处，在他的住处建有土牢，养着一批人面兽心的恶棍，是一处地地道道的人间地狱。

李立倚在土牢里，面对黑暗的灯光下形形色色的动刑工具毫无畏惧，面不改色，但是过了好长时间，敌人还是没有出现。

周围的环境越来越静，李立倚没吃过晚饭，肚子已经"咕咕"直叫，正想到肚子的饥饿牢门开了，但敌人不是送饭而来，而是进来两个酒足饭饱的人，一进来就说："你就是共党分子？"

李立倚没有回答，只是抬头用冷眼看了一眼。

"你不要用这种眼神看着我，我是为了你好，你只要供出共产党的名单和活动的信息，就可以回家和老婆孩子团聚。"敌人还是假惺惺地说。

"这怎么可能呢？用别人的生命来换取自己的残生，这不是我的为人。"李立倚边对付着敌人边想：宁愿像哥哥李立卓一样英勇牺牲，也不能使革命受到丝毫的损失，决心与敌人战斗到底。

"不要敬酒不吃吃罚酒，你面前的这些工具我们用得可得心应手了，随便找一个就会够你这种教书先生受的，在我这里没有人用了不招供的，何必又遭这个罪呢？"

"我知道你们什么都做得出来，但是我确实什么都不知道，即使知道了也不会出卖。"

"看来，你的皮骨已经发痒了，我得给你挠挠。"说着就朝着外面喊了声；"来人。"

随着他的喊声进来三四个凶相毕露的打手，来人看着他的脸色，他又看着李立倚，似乎在等李立倚表态，但李立倚始终是一副不甘屈服的样子，就对着来人说："他皮骨有点痒，你们给他好好挠挠吧。"

随着他的话音落下，两三根皮鞭就像雨点一样飞向李立倚，顿时就皮开肉绽，痛得李立倚的脸上不断地掉下汗珠，汗珠流到伤口上，好像伤口上散上了一把盐，只能咬紧牙关忍住剧痛。

"怎么样？止痒吗？"

李立倚还是横眉冷对，一言不发。

敌人没有办法，又好像下不了台，就变本加厉地下令上"老虎凳"，几个打手把李立倚的上身捆在柱子上，大腿绑在大凳上，然后在脚后跟一块又一块接连加上砖头，李立倚的骨骼不断地发出"咯咯"的声音，汗珠和血混在一起，一直流到地上，用不了多少时间李立倚就昏过去了。

这时敌人还是不放过，拿了一盆冷水从头上淋了下来，冷水、汗水、血水流了一地，见李立倚醒了，又接着逼问："你到底招不招？"

"头可断，血可流，志不能移，要杀就杀吧，要从我嘴里问出东西简直是白日做梦。"李立倚还是一字一句，断断续续地说。

敌人这时也束手无策，再打下去恐怕就会打死，失去了利用的价值，只好先告一段落，关上了牢门走了。

过了三四天，待李立倚的伤情稍好，敌人就又来动手了，一步一步逼着招供，李立倚始终是斩钉截铁地说："我没有什么好说的，也不会说的。"

接着就是一顿拳打脚踢，实在没有办法，就弄来一只木桶，放入辣椒粉和臭水，把李立倚捆在大凳上，用调羹一勺一勺地将辣椒水和臭水灌入李立倚的嘴和鼻孔里。当发出急促的呼吸时，水灌进去就越多，难受得呼吸就加快，加快吸进去的水就越多，这样恶性循环，尽管胸口像要爆炸，喉咙像要扼死，李立倚还是不喊一声，仍然没有屈服。

在这种情况下，敌人还是不罢休，又把李立倚的双手拇指与双脚拇指用散麻扎住，反绑着飞挂上大梁，又在背部压上磨石，刚才灌进去的臭水直往口腔和鼻孔流了出来，直到失去知觉，最后四个拇指的皮和指甲脱落，整个身体滑落到地上而昏死过去。

敌人看到滑落下来昏死过去后马上拿了一桶冷水将李立倚泼醒，然后关进了黑牢。

李立倚在黑牢里疼痛得在地上直打滚。

大嫂李立卓妻子陈宝花知道后，冒着生命的危险，四处打听，请讨人情，为叔叔李立倚开脱。当了解到姚鹤庭7月在桐庐叛变，红三团攻打壶镇失败后，供出了永康党组织的情况和活动特点，以及他所知道的党员和红军二百多人，写下《剿灭永康共党计划》，并与保安队一起来到永康，为敌人出谋策划，画出抓捕示意图，这次叔叔李立倚的被捕就是他的原因后，恨从心中生起，发誓一定要想办法营救。

陈宝花来到胡介庭的住处，谎称是来劝降的，当见了叔叔后择机说："不要怕，坚持下去，我们都在想办法。"

过了几天，通过陈宝花的努力，我党也多方进行了营救，迫于压力，敌人也只好将李立倚送到嘉兴师管区做苦役。

李立倚在师管区，吃不饱，穿不暖，做着非人的苦役，还是坚持向难友们宣传革命道理，关心他们的生活，大家都感到他是一个正直的人，都愿意接近他，尊敬他，与他交朋友，渐渐地与他拧成了一股绳。

第二年的春天，同黄传恩等七名同难者，逃出师管区。

攻打壶镇失利后，吴大成、王如山、李文穆、潘正加等的处境怎么样？是置于死地，还是置之死地而后生？且看下一章。

第三十章　双枪队长　大难不死

那是在 1931 年早春的前黄。

吴大成参加攻打壶镇，战斗失利后，与夏老呆（世雅人，是前黄人的外甥，常住在前黄村，一起参加攻打壶镇）隐蔽到孝丰、于潜山区，并在孝丰的孔睦关、于潜的千秋关勘察地形，了解民情，准备组织当地农民进行起义。

正当理出点头绪时，当地有好心人告诉他说："这里的国民党政府已组织联防队，动不得了。"

吴大成觉得确实不是时候，况且已临近年关，也就回到了永康前黄。

吴大成的家在下前黄自然村的村中，回家不久的一个早上，大部分村民还没有起床，吴大成也一样，躺在床上想着一家人过年的事，愁着怎么过年，忽听到外面有动静，由于职业的关系，一贯警惕性很高的吴大成马上披衣下床，从门缝上往外看了一下，不得了了，外面已经被一群保卫团包围，一定是保卫团得到他回家过年的风声了。

前黄村是一个平坦的村庄，没有山或林隐蔽，看来要逃脱是有困难了，没等有下一个行动，一扇不结实的门就被踢开了。

面对保卫团的四五条枪顶着，吴大成清楚没有反抗的必要，就这样被五花大绑了起来。

保卫团抓到吴大成后，当即指派两个团丁押解吴大成进城，向省防军请功领赏。

两个团丁押解着吴大成向着县城方向出发。

当押解到长城山背的冷水亭时，两个团丁觉得有点吃力就招呼暂停休息，令吴大成坐在凉亭的一角。

吴大成认为这是最后的机会，这个机会不把握好等着的就是杀头见阎王，那该怎么办呢？休息的时间一分一秒地过去，马上就要结束，正在着急之时，有一个团丁突然离开去解手。

吴大成急中生智，眉头一皱，计上心头，马上来了一个主意，对团丁说："我要解手。"

"不行！"

"你想让尿逼死人呀，逼死了我你们拿什么去交差？"

那个团丁也觉得有道理，就勉强地做了个手势说："利索点，快去快回。"

吴大成立即起了身，并示意团丁解开绑着的双手。

"就你事多。"团丁说着也不加思考就松开了绳索，并尾随着跟在后面监视。

一进到小树林中，拥有一身力气的吴大成没几下子就把绑着的绳索完全松开，然后一掉头就将跟着的那个团丁击倒，夺取了枪后一个箭步冲过去将另一个团丁也击倒，夺走了两把枪后借着小树林逃离了现场。

吴大成虽然脱逃，但生存更加困难，唯一的出路只有找到党组织，可在那样的政治环境下，要找到组织又谈何容易。

春夏之交的一个后半夜，因红三团攻打壶镇失利，隐蔽在家的王如山早已关门睡觉，在睡梦中被几声轻轻的敲门声敲醒，王如山大吃一惊，不知该怎么应对，但敲门声还在继续，王如山正准备拿防备的工具，门外传来轻轻的"我是吴大成，请开一下门"。

王如山还是不相信，因为他知道吴大成前段时间已经被捕了，会不会是敌人用来引诱，没等深想，外面又传来吴大成的声音："如山，我真的是大成，有事找你，你开门再说。"

王如山细听口音，确定是吴大成，但还是不放心，并在门缝上借着月光看了一阵子，明确没有其他的动静了就轻轻地打开了门，先一把将大成拉到屋里，继续朝外检查后忙关上了门，然后轻声说："你怎么跑出来了，不会……?"

"我根本没有进去，在路上我就把他们解决了。"吴大成有点自豪地说。

"他们怎么会不找你?"王如山虽没有点灯，但还是怕月亮夜会有透光的地方，拉了一下盖在窗户上的那块破布。

"我根本没有回家，他们怎么找到我。"

"那今后怎么办?"

"我不就来找你商量了吗?"

"找我能有什么办法? 我自己都一天到晚担惊受怕，生不如死。"

"你没有办法，我有办法呀!"吴大成胸有成竹地说。

"有什么办法?"王如山这几天也真有点等不下去了，每天都能听到有人被抓、被杀的消息，尽管有准备，但心里也总是多只水桶吊水，七上八下的，当听到有办法，当然会像瞎子碰到亮光一样，急忙边问边拉了大成，等着告诉办法。

吴大成两手搭着王如山的肩膀，扒着耳朵说："我们重新拉起队伍吧，你去约一下正加和来贵，我去约一下文穆，然后约个时间集合，到时我会安排的，还是我来找你方便一点。"

"这行吗?"

"活人还让尿逼死吗？在家这样等死，还不如和他们拼死，杀一个不亏，杀两个赚一个，你说呢?"说着没等王如山回答就拉门而出了。

过了几天，一个漆黑的晚上，吴大成又找到了王如山的家，商量组织游击队的事，并集合了王来贵、潘正加、李文穆等，组成一支游击队，自己出任队长，带领几个战友，驻扎在后塘弄的岩孔背山上，住在坟庵里，商议着如何打土豪，筹军费，购枪械，开展武装斗争。

1931 年的 8 月，建立了中共永康县工委，下徐店的徐阿宝担任了书记，并相继建立了下徐店、胡库、前黄、芝英、清渭街五个支部。

永康工委成立后，按照党中央的指示，坚持武装斗争，秘密联络起红三团和工农军余部六十多人，这时的吴大成终于盼到了靠山，又重新回到了组织的怀抱。

在重建的永康工委徐阿宝等人的领导下，又重建起红军部队，并以双尖寺为中心，在永康、义乌、东阳边境的各个坑源秘密安营扎寨，永康各地的三团余部纷纷向该处集结，队伍最多时已有一百多人。

永康红军游击队在双尖寺组织纪律十分严明，训练也特别刻苦，红军战士的素质也有较大提高。

在防守方面，每个山岭、要道、路口都用滚木、礌石和黄檀大炮把守，来对抗反动军队的进攻。

一天，为了筹集军费，在义乌、东阳的东田，抱塘岭头遭到民团的阻击，发生激烈的枪战，不分胜负。

随着革命形势的好转，于 12 月的一夜，先后在义乌鱼槽头、东阳林村、永康的金坑、下位等村镇压了十几个反动地主、叛变革命者、保卫团等。

为此地主豪绅纷纷向三县县政府告状，引来了三县保卫团的联合"围剿"，包围双尖寺，终因寡不敌众，只能分头突围，然后疏散隐蔽。

1932年10月，永康县委把在永缙边境山区隐蔽活动的红三团余部组成了永康游击队，开展武装活动。

在严峻的环境中坚持隐蔽斗争的吴大成、王如山等喜出望外，同游击队取得联系，并吸收了施文来、施文月、胡维康、朱方生等参加武装队伍，建立了以吴大成为队长的游击队，以唐先一带为中心开展武装斗争。

1932年11月下旬，率部袭击白莲塘地主豪绅，获取一千五百余块大洋，并用这些大洋购买武器，武装队伍。

红军游击队员李文穆怎么一下子就变成古山保卫团的班长？最后结果怎么样？且看下一章。

第三十一章　年轻老木　深入虎穴

那是 1933 年 8 月的一个傍晚，明明是太阳高照的，突然间一片乌云就盖住了太阳，整个天空一下子黑暗了下来，转眼间就是一阵大风刮起地面上干燥的尘沙，让人睁不开眼，走路辨不出方向，一般情况下，这是要下雨的前兆，但今天就是没下雨。

古山保卫团驻扎在一个有四五百平方米的大祠堂里，二三十个人，分成三个班，但住在这么大一个祠堂里还是觉得有点冷清，况且每个人的脸上都挂了一副丑恶的面孔，显得有点阴森可怕。

现在的一班班长是李文穆，大家都不叫班长，而是都叫他老木，是因为穆和木谐音的关系，李文穆也没有在意。

也就是在这个时候，他应召来到保卫团团长的办公室，团长没有客套，开门见山就说："老木，也不知怎的，你的运气就这么背，我提你当班长，有人不服气，说我的眼睛让鸡啄了，我为了证明我选你是对的，曾多次给你机会，让你证明他们看，可你每次都是竹篮打水，一个也没有捞到，唉。"团长长长地叹了一口气后把头摇得像拨浪鼓一样，一时半会儿停不下来。

"让团长费心了。"李文穆不好意思地说。

"我是一个打肿脸面了也要充胖子的人，你一定要给我争回这口气。"

"一定会的，请团长放心。"

"谁让我眼睛不睁，一眼就看上你，我只能再给你机会，看你争气否？"团长说着就从抽屉里拿出了一张纸，接着说，"今天刚接到情报，有一个共党分子已经回到家中，你通知一班的全体团丁待命，今晚务必抓到这个共党分子，这是一个三个手指捏田螺（稳拿）的事，让你也替我争点脸皮。"团长说着就用手指点了点刚拿出的那张图纸，意思是这个共党家里的位置已标得一清二楚了，并得意地点了点头，告诉李文穆我已给足了你的面子，看你怎么表示。

李文穆心领神会，走过去看了一眼图纸之后说："小的明白，马上就去落实，并去准备几个肉麦饼，带一瓶酒回来，先意思意思，待后再重谢。"

"你小子的脑袋就是好使，快去。"团长得意地吹起了口哨，两只脚放上了办公桌，歪着脑袋看着李文穆出门。

到了夜深人静的时候，李文穆带着队员按照图纸上的目标出发了。

到达目的地，李文穆认真地组织队员先进行对房子的包围，然后派两人先打开了房门进行搜查，结果见不到人影，其中有一个团丁十分仔细，搜遍了整个房子就是没有线索，就伸到被窝里摸了一下，告诉班长说："报告班长，被窝还是热的，估计还没有跑远，怎么办？"

"他妈的，这倒霉事尽让我碰上，快扩大搜查的范围。"

忙了一个通宵，还是没有结果。

其实那个共党是在一个时辰前收到一个陌生人送来的一块豆腐，什么也没有说，只说是受人之托，当打开一块雪白的豆腐时，看到在豆腐的上面贴着一张棕榈叶子，并且是掰开的，起初是怎么也解不开这是什么意思，但觉得这么神秘定有秘密在里面，必须慎重对待，琢磨来琢磨去，好久才琢磨出棕榈永康土话就是棕离，意思是让我离开，才逃过了这么一劫，但始终不知道救他的人是谁？

这次抓捕的失败，团长是哑巴吃黄连，有苦说不出，整天把脸涨得像猪肝一样，开始对李文穆有点不信任，并没有怀疑，只是觉得李文穆有点燥面头挑不上箸，但放弃是打自己的脸，打肿脸也得充胖子了。

不久，团长又接到新的抓捕情报，觉得不能把这个任务交给李文穆了，准备自己亲自带队，并带上李文穆，待抓捕成功，就把这个功劳记在李文穆头上，这样我也在反对我的人面前有一个完美的交代。

随后就吹响了紧急集合的口哨，集合完毕，团长自己带路，让队员跟在后面，往后塘弄方向而去。

快到后塘弄时，分明已经听到了村中狗叫的声音，也不知怎的，李文穆有点不安起来，但也不好表现出来，这次团长真的可以稳操胜券了。

说时迟，那时快，李文穆不知从哪来的灵感，一个箭步冲到团长的面前说："团长刚才我看到一个人好像从那个方向跑了。"说着就用手指指向右边的方向，团长还没有反应过来，李文穆就朝那个方向追了过去，并边追边开了几枪。

待李文穆和几个团丁气急败坏地回来时，团长什么也说不出来，只能脱了牙齿往肚里咽。

这时今天要抓的红军干部吴文琢听到村外的枪声早已人去楼空了，李文穆在搜查时特别的仔细，还不时地催促团丁们搜查，最后毫无结果，团长只有垂头丧气地收队。

到了 12 月的一个晚上，李文穆白天休完假回到保卫团，里面空无一人，祠堂里显得有点阴森森，好像总有一个不好的兆头。

李文穆坐在办公室如坐针毡，过了个把小时，外面出现了一阵吵吵闹闹的声音，随着吵闹声的拉近，一群团丁推推搡搡地带回一个人。

等推到面前，李文穆大吃一惊，但又不能表现出来，这不就是上次没有抓到的红军干部吴文琢吗，由于过分的做作，差点跌坐在地上。

"报告班长，吴文琢已归案，请班长指示。"这时一个团丁上前报告。

"先关押，等会审理。"

"班长，是团长让副班长带队去抓的。"那团丁似乎看到李文穆的脸色不对就凑上前轻声地说。

李文穆虽然是一个文绉绉的人，这时的脸色也十分的难看，尽管没有表态，但那个眼神难看得要死，那团丁也只能知趣地离开。

李文穆定下神后心里在想：也真是的，团长什么意思，要趁我不在的时候开始行动，难道是团长怀疑我，如果是真的，我又应该怎么营救他，自己又该怎么脱身呢。

过了一会儿，李文穆站了起来，来到关押吴文琢的房门口，趴在窗户上看了看，并将事先准备好的一个纸团扔了进去，然后敲了一下门窗后就大喊："怎么这么麻痹，一个人都没有看守？"

随着喊声出来了两个团丁，李文穆就指着团丁说："你，你两个给我守着，让人跑了，拿你们是问。"

结果两团丁只有老老实实地站在了房门口。

李文穆回到办公的地方，倒了一大杯水，坐在椅子上，两只脚放在桌子上悠闲地喝起了水来。

一杯水还没有喝完，团长从门外踱着方步走了进来，李文穆立刻把双脚从桌上放了下来，并迅速站了起来。

"今天立刻将吴文琢审了，要趁热打铁，不要夜长梦多，明天一早就把人送上去交差，我们没有这么多的时间耗着。"团长没有客套直接下令。

"是。"李文穆做了一个立正的姿势爽快地答应了。

团长懒得理会，转身就走。

不一会儿，李文穆就吹着哨子急急忙忙地催着大家集合。

"怎么回事？"团长不知所措，急忙过来

"刚才接报，世雅方向有共党活动。"李文穆趁着大家在集合，就跑过去轻声地向团长汇报。

团长睁大眼睛斜视着，始终不发话，盯得李文穆有点发毛。

"行动吗？"李文穆问。

"你说呢？"团长似乎有点不相信李文穆的味道，但又怕真有事了承担不了这个责任，虽只说出三个字，但每一个字都分得很清楚，似乎是让李文穆自己去权衡。

"有警必须行动。"李文穆很肯定地说。

这时团长还是懒得表态，转身就走开。

李文穆回过头来，队伍已集中完毕，就说："刚才有警情，必须马上行动，每个人都振作起来，随我出发。"

一班人跟着李文穆冲出了祠堂，连在门口的两个也被突如其来的动作忘记了自己的职责，本能地参加这次行动。

这时的祠堂里一下子安静了下来，团长也回屋睡觉了，连老鼠跳过也听到了声音，被关着的吴文琢也清楚了外面的动静，就在昏暗的灯光下拆开李文穆扔进来的纸团，上面写着："趁机逃出"四个字，看后马上把纸条塞进嘴里，硬生生地吞了下去，谨慎地观察了外面的动静，在确信安全后就把木门端了下来，轻而易举地逃出了祠堂。

吴文琢知道李文穆使的是调虎离山计，这个警情是假的，最后一定会被保卫团怀疑，结果会有生命的危险，就家也不回，星夜找到组织，向组织作了汇报。

组织接到报告后，立即派人来到古山，把处在危险之中的李文穆撤出保卫团，转入永康红军游击队，任浙西工农红军王如山部的文书。

1934年，随着武装队伍的扩大，吴大成率领游击队，活动在永康东北角一带乡村。

这时，国民党反动派与地主豪绅相互勾结，在主要的乡村、集镇组织反动民团，妄图消灭共产党和红军游击队。

农历八月十五日夜，吴大成估计地主豪绅今天一定一家人正在中秋赏月，毫无防备，就决定给土豪劣绅来一个突然袭击，他腰插双枪，率领游击战士，一夜就处决了后塘弄、黄塘坑、前黄等村的土豪劣绅及保卫团的反动骨干，狠狠地打击了敌人的反动气焰。

此后双枪队长吴大成的名声威震四方，地主豪绅闻风丧胆，国民党永康县政府也大吃一惊，加紧对游击区域进行"清剿"，派出大批军警、特务、密探到处搜捕吴大成。

12月20日，吴大成与王如山率领部分游击战士，在太平乡一带执行任务，驻扎在下高村高龙起家。

由于国民党太平乡乡长的告密，永康反动当局派基干队清渭区联队长周列星率部30余人，包围了下高村。

在这关键时刻，吴大成迅速烧毁了带在身边的文件，接着手握双枪冲出屋外，掩护王如山等战友突围，他左右开弓，连连向敌人射击，打得敌人不敢近身，最后弹尽，敌人蜂拥而上，吴大成惨遭敌人杀害，王如山接任游击队长职务，带领战友继续战斗。

1935 年 8 月，王如山接到上级的命令，让他带队到上海购买枪支。

接到命令后，就挑选同村的红军战士李文穆、潘正加一起前往。

8 月 11 日，三人回永康途经义乌车站时，有两个巡逻的警察从三人的身边擦身而过，这时有一个警察突然回过头来，兴许碰到李文穆身上有什么不一样的感觉，就用一双怀疑的眼光看着李文穆。

李文穆根本没有与他正视。

"从哪来的?"警察开口问。

"从永康来，回永康去。"李文穆随口回答。

这时另一个警察也回过头来，看着王如山和潘正加有想离开的样子就挡住了去路。

"你们是干什么的?"那个警察接着问，并把眼睛转移到李文穆的包上。

"我们是普通的老百姓，做手艺的，这几天家里农忙，回家帮忙去。"

"老百姓? 打开包检查一下。"

"没什么好查的。"

"该不该查不是你们说的。"这个警察边说边就要去搜李文穆拿的包，李文穆就是不让，两人在拉扯，这时的王如山看到情况已不对，就使了个眼色，下令撤离，刚在这时，挡住王如山和潘正加的那个警察看到两人扭在一起也本能地前去帮忙，并吹响了求援的哨子。

撤离过程中，李文穆为夺回枪支，只身还在与敌人搏斗，到了警察的援兵到了，李文穆已无能为力，不幸被捕。

在遭到敌人追击过程中，潘正加也被捕。

李文穆和潘正加遭到被捕后，不久就押解回永康监狱，于1935 年 10 月 12 日被敌人杀害于永康城里河头坟山，英勇就义时两人的年纪都只有 29 岁。

1935 年 11 月，挺进师一纵余部在刘达云和张文碧率领下突围到永缙边境的黄弄坑与永康游击队会师，合编为浙西工农红军第一、第二大队，王如山领导的游击队编入第二大队，任中队长，曾率部参加东阳南马、方山口、杏桐园、道门的缴枪战斗，击退敌人多次"围剿"，为创建浙东游击根据地作出了贡献。

1936 年 7 月 11 日，挺进师一纵浙西工农红军第二大队 100余名红军战士奉命转移，队伍从黄弄坑出发经西施道门、后景颜过太平桥于次日四时半到达唐先，并对唐先保卫团形成了包围之势。

天渐渐开始发白，能看清人影时，突然听到"红军来缴枪了!"的喊声，原来是唐先保卫团的一位岗哨正在附近的水塘兜虾，发现红军突然来到就惊叫起来，红军在毫无考虑的情况下开枪击毙了这位岗哨，不料却过早地暴露了目标，使保卫团有了防备，虽然保卫团的驻地成兴常祠堂被红军包围，却因大门紧闭和敌人的顽抗无法进入。

中队长王如山带领红军冲进祠堂门口，由于敌人有所准备，对准大门口猛烈射击，一红军战士当场牺牲，王如山身负重伤，只有退出战斗，敌人即关闭了大门，只凭楼窗据高顽抗。

因成兴常祠堂四周地势平坦，无计可施，战斗数小时后，还是无法攻破。

国民党永康政府接报后，已电令古山、四路口、桥下、清渭街、象珠、峡源保卫团向唐先增援，还派驻永保安队前往"清剿"，同时急电请求金华第九保安队到永康增援"追剿"，在此情况下，部队不得不撤离，王如山最后惨遭敌人的杀害。

　　李立倚逃出师管区后，是否会东山再起？且看下一章。

第三十二章　立倚回永　一片丹心

那是 1931 年春的前黄。

春天是一个美好的季节，李立倚逃出师管区后也知道回到永康是一个十分危险的选择，但考虑到永康还有许多工作等待自己去完成，就义无反顾地回到了白色恐怖下的永康。

当回到永康的前黄村，尽管是春暖花开的季节，但还是一股死气沉沉的样子，村中连个打招呼的人也没有碰到。

回到自己的家，门关着，但只上了一根麻绳，没有上锁，其实告诉来人屋里没人，里面也没有值钱的东西，在当时好像没有锁似的，因为锁根本派不上用场，屋里屋外一个样，锁与不锁也是一个样。

李立倚解开了麻绳，打开房门里面感觉是一间没有人住的房子。

李立倚本能地走到灶前摸了一下锅盖，结果是冷冰冰的，打开锅盖，锅里什么也没有，铁锅隐隐约约地看到了锈斑，应该是好久没有烧过饭了。

从师管区逃出来已好多天了，根本没有吃上一顿像样的饭菜，本想回家吃一顿饱，结果是这样一种情况。

回到家里，见不到妻子、孩子，得不到一点家庭的温暖，但也没有责怪妻子的理由，反而是产生了一种亏欠感，想着想着，一股酸水涌上心头，尽管肚子饿得已经贴到背了，但还是收拾起了屋子来。

天快黑下来了，妻子、孩子还没有踪影，李立倚开始有点担心起来，正准备出门去找时，老婆身上背着孩子，挑着两只斗箩回来了，满脸是汗，有点蓬乱的头发已一束一束地贴在脸上，背上的孩子已经睡着了，歪着小脑袋倒在妻子的背上，李立倚马上上前接过担子。

"回来了?"妻子有气无力地无话找话问。

妻子从嘴里虽只有吐出简简单单的三个字，但这三个字不知包含了多少的意思，一是回来了，家里有了男人，似乎有了依靠；二是逃出来的，家里担惊受怕的日子又到了，不知道是忧还是喜。

"回来了!"李立倚边回答边看着箩里的玉米，并托着孩子的屁股让妻子放下孩子问:"怎么了?"

"去年为了保释你，我把山和田都卖了，现在是青黄不接时，我们已经好几天揭不开锅了，实在没有办法，今天去娘家借了点玉米，暂时度过春荒再说，你回来了，我也就可以减轻点压力了。"

李立倚又一口酸水涌上来，"对不起，都是我害了你，是我欠你的"。

"还饿着肚子吧?"

李立倚抱着已经睡得死死的孩子点了点头，一口气闭在喉咙里怎么也出不来。

"把孩子放在床上吧，我给你炒点玉米先填一下肚子，我自己在娘家吃了，等把玉米磨了粉，一家人就可以撑一阵子了。"

到了睡觉的时间，李立倚躺在床上，怎么也睡不着，今天的肚子暂时填饱了，还有明天，或者明天的明天呢。

饥饿、革命，那个更重要？是因为饥饿才要革命，不革命就永远要饥饿，所以革命比饥饿更重要，尽管有千难万险也要找到组织，继续革命。

江南的四合院一般都是座三或者座五加厢房，李立倚的家是廿间的，两个座三连在一起，不管座几，中间的一间都是公用的，通常都叫轩间，左手为大，轩间是重要节日或者红白喜事活动的场所，平时一般都空着，往往放一些舂米磨麦的工具，李立倚一大早就起来，把昨天妻子借来的玉米全部磨了粉，磨完面粉后就拿起菜篮到田里拔菜去。

永康的农村集市为五天一次，每个地方的时间也互相错开，天天有集市，做小生意的人天天可以赶集，赶集的人群中人来人往，三教九流，什么人都有，一成不变的是每天每地都是那几个老面孔。

可就在这几天赶集的小生意人中多了一个人，这个人每次赶集一个模样。头戴一个草帽，衣服是一件青色粗布的小褂，脚上穿的往往是一双船型布鞋，卖的是一些常见的中草药，品种也不是很多，生意也不在意多少。常人看见只是一个卖中草药的土郎中，但知道的人一看就知道这就是李立倚。

李立倚化装成卖中草药的郎中是为了在人群中寻找革命的同志和党组织。

一般集市是一个上午就结束的，下午就到各村去叫卖，在合适的机会就打听一下党组织的消息，宣传一些革命的思想。

不多久的一天，李立倚在胡库集市，中药摊刚摆开，摊前就出现了一个健壮的年轻人，一身农民的打扮，抓起摊上的一根草药就问："这个多少钱?"

"这个是治狗咬伤的。"李立倚是怕顾客不懂吃错了药。

"我懂的，多少钱就是了。"顾客很固执。

"这个草药很便宜，你用到就随便给吧。"李立倚知道这东西不值钱，不好意思说价钱。

那顾客就把草药拿在手中，并从口袋中掏出一张折成对折的纸币递给了李立倚说："采草药很辛苦，不用找了。"

李立倚接过纸币，感觉纸币中间夹着一张纸条也就不再仔细看一下，捏在手里，不停地说："那就谢谢，谢谢了！"

顾客知道李立倚已经注意到了就匆匆地离开。

李立倚迅速地将这张钱放进了口袋继续做起了生意。

今天提前收了摊，回到家里，在确认周围环境安全的情况下取出了这张纸币，拿出纸条，纸条上写着："八月十八日上午黄岩口见面。"字不工整，但李立倚隐隐约约能看出是徐老驮的字迹，是几年前徐老驮在火柴厂打工时留下的印记。

李立倚看完后马上拿到锅灶前划了一根火柴把纸条点上放进了灶孔，待纸条烧成纸灰才离开。

其实约定的时间就是第二天，早上李立倚一大早起来告诉妻子："今天不去摆摊了，昨晚做了个梦，想去殿里烧炷香，保佑一家人平平安安。"

李立倚也知道这样的事妻子也不会不同意，随后就准备去烧香的东西出门。

带着这种行头，路上碰到的人也定会产生好奇，李立倚也就会解释说：近几年运气不好，出去烧几炷香，驱赶一下晦气，当然这样熟悉的人也不会不相信。

黄岩口有个黄岩殿。

李立倚烧完香出来，迎面碰上了徐老驮，两人好久不见了，但终究在一起生活多年，见到还是马上可以相认，两人相见后都没有打招呼，只是对视了一下，徐老驮随后就掉了个头，李立倚会意地跟了过去。

两人来到一个僻静的地方，徐老驮回过头来，显得有点严肃，老朋友相见也没有客套的语言，开口就说："这几年辛苦了。"

"干革命工作哪有不辛苦的。"

"这样，自从去年9月我们红三团攻打壶镇失利后，团政委楼其团到了上海与党中央取得了联系，并向党中央汇报了工作，今年的4月，介绍在上海三友实验社总厂做工的永康人胡岩岁加入了中国共产党，7月，中共中央派政治交通员胡岩岁到永康，恢复永康的党组织，8月，我们把直属中央领导的中共永康县工委建立起来了，徐阿宝担任了工委的书记。"

"好呀！那我该做什么工作？"李立倚急着问。

"你目前的任务是把前黄支部重新建立起来。"

李立倚点了点头，心里暗暗地下了决心。

"那就这样吧，这里也不能久留。"说着两人就这样分别离开。

前黄党支部从李立卓牺牲和红三团攻打壶镇失利后，先后有程兴瑶、胡有林、吴大成被捕，胡有林牺牲，程兴瑶、吴大成失去了联系，李文穆、王如山、潘正加不知去向，整个支部的工作处于瘫痪的状态，能找到的没几个，李立倚还是克服各种困难把前黄在家的几个党员拢到一起，重新建立了前黄党支部，成为永康重新建立的五个支部之一。

李立倚去了哪里？怎么又回来？回来又如何？且看下一章。

第三十三章 大势所趋 重建组织

那是在 1933 年的 1 月，国民党浙江省政府派出大批军警镇压游击队，永康中心县委委员应爱莲、吕廷芳，游仙区委书记胡淑书，游击队战士二十多人被捕，其中八人被杀害，中心县委书记胡岩岁因受通缉，离开永康，赴上海向党中央汇报工作，永康中心县委的活动再次被迫停止。

1933 年的 3 月份，胡岩岁受中共中央上海局的指派，回永康重新建立永康县工委，李立倚担任永康工委宣传部长。

随后李立倚就多次化装成贩药材、唱洋戏的货郎，进出浙闽边区寻找工农红军。

1935 年 8 月，工委书记徐阿宝、组织部长陈宝潮被捕牺牲。

12 月，胡岩岁被捕，永康党组织的活动又被迫停止，白色恐怖再次笼罩永康大地。

1936 年春，李立倚回到前黄，背起锄头去田畈干农活，路过村头有几个妇女悄悄在说："李立群（化名）昨天晚上又去抢劫了，被抢的那个人是路过前黄的，身上的东西全部给他抢了。"

"这人也真是的，这样做是损了我们前黄村的名声。"

"真该有人出来管管他，否则一生便是一个懒料了。"

"这种人长竹竿背弄堂一根筋，谁说话会听，总有一天前黄会无好名头。"

李立倚隐隐听到后，也不好意思马上去问他们，回到家后就找到了李岩云问起这事。

李岩云说："是有这个人，原来是永、缙、金的便衣队队长，杀人抢劫，名噪一方，但他有一个特点，就是兔子不吃窝边草，从来不会在前黄村做坏事"。

"那刚才那几个人说的是不是真的?"

"有可能的，他回来后，旧毛病改不了，好吃懒做，没有了经济来源，生活一发生困难，这种人是做得出来的。"李岩云肯定地说。

李立倚认为李立群尽管以前依仗狗势作恶多端，但听起来还有其善良的一面，如果不去引导他就会成为恶人，到时就会成为我们的敌人，如果引导得好就有可能成为我们的朋友，最坏的打算也不会成为我们的敌人。

李立倚想到这些就对李岩云说："我们还是要接近他，生活上帮助他，他总不会狗咬吕洞宾，不识好人心吧，即使不能成为我们的朋友，也不至于成为我们的敌人。"

结果通过李立倚和李岩云的教育和帮助，李立群真的悔过自新，自食其力，从而前黄也增加了一份安定。

7月，后渠坑事件后，永康的革命武装斗争也停息了，各基层党组织与上级也失去了联系，革命处于低潮。

李立倚为了保存实力，选择暂时离开永康。

1937年7月7日夜，驻北京丰台日军的一个中队在卢沟桥以北举行军事演习，日军借口一名士兵失踪要求进入宛平县城搜查，遭到拒绝后，即炮轰宛平县城，攻击卢沟桥，史称"七七事变"，又因攻击卢沟桥而被称为"卢沟桥事变"。

事变后，日本动员几乎全部军事力量，开始全面侵华。

中国全面抗战开始，在东方开辟了第一个大规模的反法西斯战场。这时，国难当头，国共实现第二次合作，抗日民族统一战线最终形成。

1937 年 8 月 13 日，蒋介石为了把日军由北向南的入侵方向引导改变为由东向西，以利于长期作战，而在上海采取主动反击，史称"淞沪会战"。

"淞沪会战"中，日军因遭到国民党的顽强抵抗而损失惨重，这场战役对于中国而言，标志两国之间不宣而战、全面战争的真正开始，卢沟桥事变后的地区性冲突升级为全面战争，彻底粉碎了日本"三个月灭亡中国"的计划。

"淞沪会战"爆发之后，日军开始对南京及其他江浙地区进行轰炸，这时就有在南京的单位和个人开始有计划地撤离。

11 月 12 日上海失守，情势急转直下，国民政府综合各方面考虑，决定迁都，并发表《国民政府移驻重庆宣言》从这时开始，政府的内迁变成了有组织、成规模的内迁，一直到年底，南京一下子就成了一个空城，李立倚也在这个时候回到了永康。

李立倚回家后，得知徐积福已经从敌人监狱中出来，就把他请回前黄村校教书，继续白天授课，晚上共同进行革命活动。

1937 年 10 月，胡岩岁出狱，这个时候全国抗日战争全面爆发，永康的党组织也已经瘫痪两年多了，原设在上海的中共中央早已随红军长征转移到陕北，中共闽浙边临时省委随抗日先遣队隐蔽活动于闽北浙南一带，永康的共产党人既无法与上海地下党中央取得联系，又无法与闽浙边临时省委取得联系，也不知道中共浙江省临工委书记徐洁身这个时候就在金华活动。

在这种情况下，胡岩岁找到了原县委的章会辰，然后来到前黄村联络李立倚、徐积福，商量如何想办法找到上级党组织，如何恢复本地的党组织和目前要开展的工作，采取什么样的方式开展工作等事项。

四个人在一片迷茫中一致认为必须先找到上级组织，否则工作起来就会偏离方向。

那么该如何寻找上级党组织呢？几个人商量来商量去决定先由胡岩岁和胡济涛筹集路费，然后出发寻找上级党组织。

12月底，胡岩岁与胡济涛筹足了路费，从永康出发，准备先到汉口，然后再到延安。

当他们到达湖北的汉口时，意外在公开发行的《新华日报》上了解到八路军驻汉口办事处的通信地址，根据地址找了过去，并向办事处的人汇报要去延安寻找党中央的想法，办事处的同志说："你们是有一定革命工作经验的同志，浙江各地正需要大批有斗争经验的干部，你们最好先回去，在当地把工作开展起来，我们会尽快派人前来联系。"

1938年2月2日，胡岩岁和胡济涛辗转回到了永康。

很快，中共浙江省工作委员会就派委员高子清来到永康，并向章会辰、胡汝为等了解了永康当前的情况。

3月，高子清再次来到永康，指导成立了永康县临时工作委员会，恢复了李立倚、徐岩福等二十多人的党籍。

到了5月，金衢特委汪光焕、常委林一心先后来到永康检查指导工作，在林一心的直接指导下，重建了永康县委。

永康县委成立后，前黄村的李立倚家建立了党的地下联络站，投入抗日救亡活动，发展党的组织，先在前黄村发展李岩云、李文禄、李文林、王云皆入党。

1941年，有一个姓张的交通员被捕，变了节，使党组织失去了仅有的一支枪，他还带伪军去东阳抓捕革命同志，严重威胁着永康党组织的安全，李立倚得到这一消息后，立即向党组织作了汇报，党组织当即决定派徐老驮进行跟踪，到了东阳就处死了这个叛徒。

1941年7月的一天，古山保卫团团长带了一批团丁来到前黄村，直接就进到廿间头，把李立倚的二哥李立存抓走，临走时团长放出话说："要想让他完好出来可以，必须拿儿子来换老子。"

李立存是个老实人，又不识字，膝下有七个儿子，大儿子也是忠厚人，为逃壮丁已远离他乡，而其他的几个儿子都还没有到壮丁的年龄，怎么办？立存嫂子一时没了主意，不知道怎样才好。

这时李立倚知道了这事就对二嫂说："国民党军营是个人吃人的地方，大侄子人太老实，又不识字，到那里是要吃亏的，为了尽快救出二哥，不如让二侄子昌如虚报年龄去当兵，他读过书，人又机灵，到那里再伺机逃回来。"

二嫂听了立倚的话觉得有道理，就点了点头表示同意。

最后让昌如虚报年龄代替哥哥从军。

李昌如在军营参加了长沙会战、常德会战，曾与日本鬼子打过大仗和硬仗，积累了一定的作战经验。

1942年10月，上级派朱恒卿同志来永康恢复和整顿党组织。

前黄村是永康的革命根据地，地下党同志迎来送往频繁，党的领导同志也经常来村小住，要举行一些党的重要会议，在安排好同志们的食宿外，还必须保证革命同志生命安全，责任重大，李立倚始终高度绷紧阶级警惕这根弦，时刻关注周围人有什么反常的举动和变化。

邻村有一个小青年外出从事流动打铁手艺，过了一段时间以后突然回到村里，一下子变得手头阔绰、趾高气扬起来。

这一变化马上引起了李立倚的警觉，立即派人进行深入的调查，果然发现这人有军特的嫌疑，于是就让李岩云注意他的行踪，并做其父母、哥哥的工作，以其转化。

不久，此人就外出不知了去向。

1943 年，朱恒卿因工作的关系来到唐先四村三角店的施金良家，接上了组织关系。

没过几天，朱恒卿又与李立倚一起来到唐先，找到施金良，并互相介绍认识，从此施金良就在李立倚的领导下开展党的地下工作。

这年秋天的一个唐先集市，李立倚和下徐店的徐老驮、徐彦莲等人来到施金良家，在确保周围环境安全的情况下，李立倚先互相介绍认识，并对施金良说："准备在你家开一个会议，你马上通知岩前村的吕福基、潘川的胡朝庭也来参加会议。"

施金良很快就把相关的人员召集齐，会议放在楼上举行，由李立倚主持。

李立倚首先通报了当前的敌情，讲了今后对敌斗争的策略，最后说："我们要紧紧依靠群众，广交进步青年，扩大革命力量，唐先、中山一带的情况比较复杂，我们要做好保密工作，注意敌人的动向，多收集一些情报提供给党组织。"

"今后施金良同志负责唐先、中山一带党的地下工作，吕福基同志协助做好宣传工作。"李立倚接着说。

唐先、中山一带的党组织建立起来后，施金良家成为这一带的地下联络点。

共产党员王云皆被国民党抓了壮丁后何去何从？李立倚又遭到了什么不幸？且看下一章。

第三十四章　　出谋划策　　虎口逃生

那是在 1944 年的 10 月，中共永武工委成立，李立倚任永武工委组织部长，又是秘密联络站的负责人，工作更加的忙碌，为了确保地下党员的纯洁，还经常找党员进行面对面的谈心，提高党员的认识。

1944 年 12 月初，国民党永康常备队来了五十名农村青年，是国民党新抓的壮丁，等待他们的就是送到战场充当炮灰，这时个个都垂头丧气，十分绝望。

12 日，国民党军队来接收新兵，其中有连长、排长、班长、炊事员共十三人，带来了机枪三挺、步枪五支、驳壳枪一支。

吃过中饭后，全部壮丁集合整队，接收部队用新兵名册点名验收，临出发时每个壮丁身上都背着一只米袋，队伍分出两列走，横直对齐，人与人之间不让近身，所有的壮丁都用一根绳系着，互相串联一起，像串鱼一样，防止出逃，目标是金华。

在路上，带兵的敌人警惕性都很高，每人的枪时刻提在手上，相互之间相距三四米的距离，为了不让路边的老百姓近身，见到老百姓就开枪吓跑。

队伍行走的速度很慢，到了毛阿村已经天黑了，就决定在这里宿夜，毛阿村是个山区村，村前村后都是山，村子不大，一条永康通往金华的道路穿村而过，村中有一个祠堂，带兵的敌人和壮丁一起住在这个祠堂里。

祠堂中间只有一扇大门，左右两头小门，没有后门，带兵的敌人将祠堂的门关上后，就用三挺机枪分别架在三个门口，并彻夜轮流守着，壮丁们看着这个架势都绝望了，胆小的人偷偷地流下了眼泪，有的还在轻轻地哭泣。

就在这个壮丁的队伍中有一个个子不高的人坐立不安，忽儿在这个壮丁前坐一下，忽儿在那个壮丁前坐一下，坐在每个人前就是一阵窃窃私语，只要被他挨到过的人，脸上马上就会阴转晴，这个人是谁呢？他对他们又说了什么呢？这个人就是1939年李立倚介绍加入共产党的王云皆，西炉村（现是前黄村）人，由于接受了党的教育，特别是李立倚的一次次教导，碰到情况就想起李立倚曾说过的话：共产党员随时随地都要做革命的工作，就是坐牢也要做好革命的工作。

他从被国民党抓的那一刻起就开始下定了决心，出谋策划，计划用四至五人对付一个敌人，在途中统一行动，逃出虎穴，缴下敌人的全部枪支。

刚才就是挨个布置行动的计划。

王云皆布置完计划后，神经一刻也不放松，关注着敌人的动向，黑夜里时间一分一秒地过去，敌人也时刻不放松警惕，守着机枪的几个敌人没有一点想打盹的意思，自己的眼睛都几乎要盯脱神，按理说在这种地方行动是最有利的，但这个机会始终没有出现。

第二天早上，队伍来到金华的十八里山背时，刚好有一辆永康开往金华方向的大客车与队伍擦身而过，这时的王云皆急中生智，借助汽车经过的风声大喊一声："机会来了，跑啊！"

随着王云皆的喊声，所有的壮丁一齐挣开绑着的绳索向两边的山上跑去，敌人防不胜防，被这突如其来的行动乱了阵脚，带队的连长一时不知所措，等反应过来，所带的人都跑得差不多了。

最后被敌人打死了一个，抓住了一个。

几个敌人把抓住的这个扭到连长的跟前，连长看了看这个壮丁，然后愤愤地摘下了头上帽子说："你走吧，要你一个人有什么用，我认倒霉，连长也不当了。"说着就解开斜角皮带，愤愤地扔出几米远。

"你们也走吧，另找出路，投靠一个运气好一点的头，混口饭吃。"连长说着就头也不回地扔下这些大头兵离开了。

李立倚知道这件事后很高兴地对王云皆说："你们有勇气，这说明敌人也没有什么可怕的，只要勇敢就能取得胜利，但这次缴枪尚未成功，还缺乏团结一致的精神，有待今后的努力。"

1945 年的梅雨季节，雨下得地面有水的地方直冒泡，没完没了，"唰唰唰"的下雨声吵得让人觉得心烦意乱，在后郦小学教书的李立倚上课时也必须提高嗓门儿才能让学生听得清楚讲课的内容。

下午时分，学生刚离开学校，李立倚的工作还没有忙完，前黄村有人匆匆赶到，气喘吁吁地说："不好了，你家里出事了，赶快回家看一下吧。"

"家里出什么事了？"李立倚问。

那个报信人急得就是说不出话来，雨还是没有停止的意思，报信人没有带雨具，从头到脚全已湿透，雨水还不断地从头上流到脚下，只能用手一把又一把地把头上的雨水抓了下来。

李立倚已经知道一定不是小事了，什么也没有准备就往家里赶。

用泥筑墙的房子最怕的是雨水的浸泡，母亲住的老房子就是用泥筑的，有好几年没有修缮了，下了这么长的雨，一定有些地方漏水，泥墙很容易被雨水冲刷而倒塌，以这个季节的雨水是有这种可能的。

李立倚一口气赶到家中，首先听到的是一阵阵家人的号啕声混在雨点声里，原来是八十多岁的老母亲被倒塌的泥墙压死了，尸体停放在一角，李立倚看到眼前的这一幕顿时失声痛哭。

这时有人来拉着李立倚说："老的死了已无法挽回，还有小的等你相救，快去救小的吧。"

李立倚抬头看到远处还有一批人正在手忙脚乱，语言传出来也是乱七八糟，什么也听不清楚，待李立倚冲过去，发现四岁的女儿月和也被倒塌的房屋压到而生命垂危，妻子抱着女儿哭得死去活来，大家一时手足无措。

李立倚看了一眼，就知道伤势不轻，差点晕倒在地上，一想到自己是一家之主，必须振作起来，就强忍着痛苦安慰妻子说："千万小心照看，月和不会有事的，我马上去请医生。"说完就不顾身上的衣服没有一丝的干燥和赶路的劳累，立即起身前去请医生救命。

经医生抢救，第二天下午，女儿月和终于脱离了生命危险，这时李立倚才松了一口气，看着女儿傻傻地笑了一下，接着就又去忙母亲的丧事。

1945 年，李立倚发展西炉村的王友谅入党后，又通过王友谅在菱塘村发展了吕开张、吕开勇、陈开茂（树堂）加入中国共产党，同时建立了菱塘村党支部。

1946 年 3 月，李立倚和侄子李一心介绍前黄的李秀香、李昌伟、李迎春、李昌如、李秀青加入中国共产党。

菱塘村党支部又向渔父里村发展胡忠等、方四杰等人入党。

李立倚安排蒋士骧在前黄村校教书，并通过蒋士骧发展了上蒋村的蒋文秀入党，向周围村物色党员发展对象，把党员的发展工作网铺向柏岩、棠溪、东阳陈桥头、岭甘等村。

同年又安排李一心到杏里村任教，在老党员陈时昌配合下，发展陈印杭（腾舟）、陈德云、陈华富、陈安禄、陈金禄、陈德仁，陈印杭又发展陈金计、陈小林和茹六畈村的王保存、小学教师陈华荣、王月兰等人，并建立了杏里村党支部和小教党支部。

杏里村党支部又向荷园、峡源坑、茹六畈、楼下陈、庄口畈、竹箦、象珠等村发展党组织，杏里村校成为永康与金义浦地区的联络站点。

随后安排前黄村的李秀香向张岭口、四路口发展，以加强那一角的力量，这样就形成了永康东北角（永康通东阳一线）和西北角（永康通义乌）的组织网。

李立倚家里生活极度困难，他想什么办法来解决革命同志的吃饭问题？且看下一章。

第三十五章　经费困境　卖牛摆脱

那是在 1946 年春天的前黄。

江南已进入了春耕的大忙季节，也正是青黄不接的时期，前黄也不例外，家家户户都勒紧裤带下田插秧，播散希望的种子，李立倚家的一丘田上来了四五个"种田老师"，正高卷着裤脚在插秧。

太阳已升到高空，秧也已插了少半丘，个个的肚子觉得有点"咕咕"叫，就有人开着玩笑说：

"下渡（肚）槽造反了。"

吓得几个人一阵的紧张，等到大家会意后，又是一阵哈哈的大笑，笑后就继续插秧。

"不行了，肚子已贴到背脊了。"

"别急，嫂子已在做蒸团了（糯米粉蒸的点心，也当饭，难消化，是种田时最好的主食，在当时是一种奢侈的小点心），等下大家只管放开肚皮吃。"

"我们在这里蹭饭这么多天，嫂子家的老鼠洞都刮得干干净净了，还想吃蒸团，省省吧。"大家接连开着玩笑，也许只有这样才能忘记一点肚子的饥饿，说来一个百多斤的人，早上吃了两碗玉米糊干到这个时候，肚子也应该空空了。

中午饭的时间到点了，立倚嫂子提着一只大饭篮过来，还没有停下脚步就喊着：

"种田老师，吃饭了！"

饿极了的几个"种田老师"齐刷刷地上岸洗手准备吃饭，大家的心里总是想着有一顿干的就行，根本没有想过用白米做的。

当大家洗完手，围着饭篮，等嫂子把饭篮打开时，大家都傻眼了，这是不是做梦吧，饭篮里面全是白白的，带着肉味的糯米蒸团，这个惊喜来得太突然了，弄得大家不敢下手吃，还有人拍拍自己的脸，证明一下是不是还没有睡醒。

"吃吧，大家难得吃一顿，吃个够！"一起上田的李立倚说。

"趁热吃，不够我还回去做，这样的累活，一定要吃饱才有劲。"嫂子催着大家动手吃。

一个高个子拉着李立倚说：

"这是怎么回事？"

"吃吧！我好意思让你们饿肚子吗？"

这个高个子就是游击队长应飞。

是怎么回事呢？抗日战争结束后，主力部队北撤，只留下少数人员坚持隐蔽斗争。

3月，在芝英的下地塔村召开第一次临工委会议，传达金萧地委指示，讨论当前的形势，联络失散同志，积聚力量，重建革命武装，确定李立倚家为党的地下联络点。

处在这个青黄不接的时候，李立倚为了解决革命同志的吃饭问题，已倾其所有，不但贴了自己的工资，甚至是自己的卖药钱都拿出来，把家里能换粮食的东西都换了，坚持到今天确实已玉米糊都煮不出来吃了，在这样的情况下，李立倚和妻子商量后，准备卖掉家里唯一值钱的小黄牛，换成粮食来救急。

这小黄牛是岳父家的母牛产下后，女儿牵来一把草一勺水喂大的，当然是女儿的心头肉，女儿当然不同意卖。

李立倚劝着女儿："如果这牛不卖，叔叔伯伯就连糠菜玉米糊都吃不上，他们如果不吃得好一点，怎么有好的身体干革命呢，好日子怎么会到来呢？"

妻子胡香云也劝女儿："你爸爸说得对，牛卖了我们以后还可以再养，现在是解决眼前的困难要紧。"

这时应飞知道糯米蒸团背后的故事后，一句话也说不出来，在旁的李文华、吴新甫等人知道这奢侈的糯米蒸团的来由时，一个个都咽不下。

是谁？在什么地方？向谁打响了路南的第一枪？且看下一章。

第三十六章　永康解放　首枪打响

那是在 1946 年 5 月的一个早上，天灰蒙蒙的，前黄村的李岩云刚吃过两碗玉米糊准备到田畈干活，同村的李立倚匆匆来到他的家门口，没说话就推着他往屋里面走，岩云不知所措，李立倚观察了一下四周，确认四周无人的情况下，把门关上了，悄悄地说：

"岩云，接上级组织应飞同志的指示，交代你一个重要的任务，你务必完成，这是党对你的又一次考验。"

"什么任务？"这时岩云开始严肃而又认真起来，把声调压低几分问。

李立倚没有直接回答，而是扒着岩云的耳朵说了一大通，然后说："听清楚了吗？"

"清楚了。"

"那好，穿着与平时下田干活时的一样，马上准备一双小方箩和一根扁担出门，在村口的东塘边有人等你，听他的。"李立倚说着就离开岩云的家，直往廿间头方向而去。

一会儿，李岩云担着一双小方箩出门，好像是到哪里去赶集的样子，在村口的东塘边已站着一个人，似乎就是等他的人。

李岩云一走近这个人，没等看清那人的脸，那人做了一个手势，就往前走了。

李岩云一直跟着，想加快脚步拉近一下距离，那个人也就加快了脚步，两人始终保持了一定的距离。

过了四路口，距离才开始有点拉近，太阳也从厚云中钻了出来，原来前面带路的人是隐蔽在李昌伟家很长一段时间的徐岩福指导员，虽认识但平时接触不多，要是在远路上碰到兴许还认不出来。

两人一直走着，谁也没有说话。

到了义乌的先田村，村民有的已吃过晚饭闭门了，徐岩福扒着李岩云的耳朵交代了一下，并用手指了指就走开了。

李岩云按徐岩福的指引前去一户人家敲门，马上有人开门，李岩云问："这里有石灰卖吗?"

"没有!"开门的人回答得很干脆。

"我要的是熟石灰。"

"熟石灰倒是有一点，请进来过秤吧!"开门的人正是接头的人孙才权，暗号对上后马上把李岩云请进了家门。

孙才权安排李岩云吃了一点东西后，两人就干坐着等时间，一直等到子时，夜深人静了，孙才权才带着李岩云出了门。

外面静得有点可怕，黑得前后看不到，李岩云是外地人，道路很陌生，高一脚低一脚的，走起路来特别吃力，也特别害怕，但是为了革命工作，把这一切都置之度外。

走了好久，孙才权才停下脚步，猫下腰去挖一块石头，李岩云负责观察四周的动静，不一会儿，从远处移过来一排火光，李岩云一把拉住孙才权。

"怎么了?"孙才权大吃一惊，忙停了下来。

"你看!"李岩云指着前面的一排火光。

"这有什么? 这是鬼灯。"孙才权说着又忙起来。

这下李岩云才知道这是一个乱坟岗，不一会儿孙才权挖出了一包东西交给了李岩云，自己拿一包，两个人一起匆匆往回走。

回到家里打开，是两把手枪和一排子弹，孙才权把两把枪重新用油纸包好后放在小方箩的下面，并装上石灰，一排子弹是用一张干净的纸包好后放在一个饭盒里，上面盖上玉米炒粉，等一切准备就绪，天已有点发白，李岩云挑起一担石灰起身了。

李岩云根据上级的指示，是不能走回头路的，这样可以避开东永交界的岗哨，走另一条却绕不过金坑标势力范围内的芷岭头，这里也会有金坑标的岗哨出没，主要是考虑这里的哨兵搜查时相对会不太严格一点。

到了芷岭头，天已大白，果真碰到了金坑标的岗哨，虽只有两个人，都很负责，一直在观察，根本无法回避，李岩云只有壮着胆子往前，心里不时地在盘算着应付的对策。

"站住，哪里来的?"没等走到哨兵的跟前就被发现了。

李岩云放下石灰担，两个哨兵就上前来检查。

"这是什么?"一个哨兵拿起饭盒问李岩云。

这时李岩云吓了一大跳，第一次碰到这种情况，如果暴露了目标，人头就会落地，当然，人头落地是小事，饭盒里的子弹暴露，还会牵连到枪的暴露，这样就不是人头落地的事了，但一想到这是考验自己的关键时刻，绝不能有半点的疏忽，说时迟，那时快，当时也不知什么原因来了灵感和勇气说：

"老总，这是我的点心。"说着就伸手去夺过饭盒，也不知怎的，那个岗哨也相信放手了，岩云马上打开饭盒，若无其事地吃起了玉米炒粉来。

岗哨看着岩云吃着玉米炒粉，也就没有再怀疑饭盒里的东西，可还是围着两箩石灰绕个不停，好像是发现什么似的，绕了好久，岩云不断平复心跳，埋头吃着玉米炒粉，到快吃出见底了，两个岗哨还没有放行的意思。

"老总，好了吗?"岩云没办法，只有硬着头皮催着。

"石灰不是什么值钱的东西，为什么要到义乌去担? 现在共产党活动这样猖獗，你是不是共产党?"岗哨还是怀疑着。

"没有，我又不认识共产党，我家里穷，想泥个锅灶，连这点石灰也买不起，刚好亲戚家有多余，我光有力气，这点便宜也贪，见笑了。"

岗哨拿起了尖刀准备插入石灰上检查一下，刀刚下到石灰上搅动，李岩云马上摘下头上的帽子当扇子扇了起来，瞬间，一股石灰尘飞上来，弄得这个岗哨睁不开眼睛。

"滚，滚，滚!"哨兵一边弄眼睛一边骂人，另一个也倒退了几步躲开了。

"对不起，对不起。"李岩云抓住这个机会，连说几个对不起，担起石灰担就走了。

枪和子弹安全地拿回到前黄，李立倚很高兴，说:

"有了这两支枪，我们就可以建立革命的武装了，以后还要靠这两支枪去夺取敌人更多的枪来武装自己。"

西炉村有个匪霸，上勾结官僚劣绅，下与匪顽金坑标结为十兄弟，平时抢劫掳掠，奸淫妇女，谋财害命，赌博杀人，无恶不作，本村及邻村的年轻妇女，过往来客都担惊受怕，此人存在一天，当地就不安宁一天，并且还与共产党为敌，严重影响地下党工作的顺利开展。

永康地下党组织决定搬掉这只拦路虎，为民除害，长人民的志气。

李立倚考虑到西炉村的共产党员王云皆是同村人，熟悉该村的地形，也熟悉匪霸的生活习惯，有利于这次行动的开展，就安排王云皆参与这次行动。

1946 年 5 月 16 日（农历），李立倚派王云皆去接应李文华，扮作手艺人的李文华、老方和小陈随王云皆来到雪顶山时，太阳已经落山，但天还没有黑，田间稀稀拉拉还有人劳作，生怕暴露目标，不敢轻举妄动，四人就埋伏在树林里，一直等待夜幕降临后，才收兵前往前黄的李立倚家中待命。

第二天，恰好是唐先会市，估计匪霸一定会去唐先赌博，就决定在路上行动。

下午时分，香山是匪霸回家的必经之路，李文华等四人提前来到香山的林中埋伏观察。

果不出所料，匪霸的确去了唐先，可回来的路上他的两个保镖一前一后跟得很紧，又都带了枪，李文华认为这样行动成功的概率不大，况且安全性不大，就决定改变行动的方案。

王云皆说："匪霸回来后一般要到塘沿洗脚。"

李文华马上作出绕近路抢先回村见机行事。

果然匪霸回西炉后，两个保镖各自回家，自己一个人提着鞋子来到塘沿洗脚，刚弯腰，李文华一个箭步冲上前去，说时迟，那里快，没等他反应过来，一个黑洞洞的枪口已对准了他的脑袋，并厉声说："把你的枪和子弹交出来！"

"好，只要饶了我的命。"这时匪霸看到已没有了讨价还价的余地，就带着李文华及另两位队员到姘妇家，把 20 响的快机和子弹交了出来。

李文华就用匪霸自己的快机，结束了他的性命，打响了永康解放武装斗争的第一枪。

李昌如离开国民党部队，作为叔父的李立倚如何对待？共产党员李岩云、李秀香接受了什么事？且看下一章。

第三十七章　通信联络　担惊忍怕

那是在抗战胜利后，李昌如所在的部队开到内战前线定陶菏泽备战，李昌如也随部队来到菏泽。

1947 年初，李一心根据叔父李立倚的意思，给还在国民党前线的堂弟写了一封家书，谎说家中有急事，必须马上回家。

李昌如接到家书后，很快就回到了前黄村，时任永康工委书记的叔父李立倚正在协助配合应飞重建革命武装，急需人手，马青来永康指导共产党地下组织活动已相当活跃。

3 月的一天，李立倚为了考验李昌如的立场和工作的能力，特意准备把一个送信的任务交给他。

李立倚把李昌如叫到家里后对他说："你在外面混了几年，家乡的情况已是满地陌生，俗话说，新来慢到，不晓得水缸锅灶，我相信你，你是李家的人，一定是一个有志气、有理想、立场坚定的人，现在给你一个送信的任务，你必须不折不扣地完成任务。"说着就从口袋里拿出一封信递给了他。

"送到哪里？"李昌如终究经过部队五年的锻炼，尽管是国民党的军队，但那种军人的风范还是有的。

李立倚对着李昌如的耳朵轻轻地说了一会儿，就把信交给了他，接着说："不管碰到什么困难，你一定要把信亲自交到应飞的手上，不得有误。"

"是。"

李昌如接过密信后，知道这个工作有一定的困难，就凭几个应飞可能要落脚的地方和应飞不在永康这点信息，要找到一个人真是一件考验人的事。

李昌如小心翼翼地将密信塞在衣裳角里，确保没有留下痕迹的情况下，就向叔父说："我保证将信安全地送到应飞的手里，请叔父放心。"

李昌如出发后，第一站是找到义乌的一个客栈，不管用什么方法就是打听不到应飞的踪迹。

接着李昌如又赶到第二个点诸暨牌头镇，找到一家茶馆。

茶馆里坐了好多的人，一时李昌如也不知道怎么入手，机械地一直扫了茶馆好几圈，也想不出一个打听的方法。

正处在尴尬的时候，茶馆的老板好像是看出什么就过来问："小伙子，进来喝壶茶吧！"

"好的，我能向你打听一个人吗？"李昌如觉得这是在外地，可能也很少有人知道应飞是个什么人，就壮着胆子描述着应飞的体形，说话间漏出了一口的永康方言。

没有等茶馆的老板回答，坐在一旁的一个高个子听到熟悉的永康方言口音就站了起来，走到茶馆老板的跟前，用手示意老板，意思是我来，然后就拉着李昌如走到了一个僻静的屋角。

应飞也知道，凡是永康过来找人的，十有八九是找他的，就问："你找谁？"

李昌如没有直接回答，先观察了一下四周的环境，确认安全后，考虑到是来送信的，即使出了差错只要不交出信也不会有什么不良的后果，就说："我是受人之托来找应飞的。"

"你找他有什么事吗？"应飞问。

"我只能见到应飞才说。"

"是谁托你来的?"应飞觉得虽然在外地,还是有必要慎重一点,终究见到的是一个生人的面孔,就再接着问。

"是李立倚托我来找的。"李昌如上上下下打量了几次应飞,越看越觉得像叔父描述的应飞形象,也就大胆地说了。

应飞看小伙子表情已经缓和下来,况且能说出李立倚也就直接说:"我就是应飞,在这个地方有什么事你就直接说。"

这时的李昌如就撕开了衣裳角,从里面挖出一封信交到了应飞的手上。

经过这次的严格考验,5 月,叔父李立倚和堂兄李一心就介绍李昌如光荣地加入中国共产党。

李昌如加入共产党后就更加努力为地下党做工作,送信、串联进步青年等等工作,通过工作使自己看清楚只有脱离国民党的军队,到共产党军队来才是唯一的出路。

1947 年的年底李昌如彻底地回到家,离开国民党的部队。

1947 年 4 月,浙东工委副书记马青(当时化名陈先生)来到永康检查指导工作,到前黄后开始住在李立倚家,廿间头成了浙东地区的战斗指挥部。

有一天应飞、李文华等七八个同志来到前黄,住在李秀香家的楼上,李立倚把李秀香叫到楼上。

李秀香来到楼上后,几个人的眼睛一齐看向李秀香,似乎是在怀疑一个女孩子。

李秀香觉得不好意思,低着头,一双手不时地捏着衣角,李立倚说:"来了。"

"六叔,叫我有什么事吗?"

"六叔想交给你一个任务,也算是考验你,你把这封信送到义乌。"李立倚说着就从桌上拿起一封信递给李秀香,似乎已经没有商量余地地说："你必须完成这个任务。"

"我试试。"这时的李秀香回答好像没有底气。

在旁的应飞看着李秀香接过话说："只要胆大、心细就行，一回生，二回熟，我们相信你。"

接着李立倚就向秀香交代了路线，联络的方法，出去的打扮以及要注意的事项，并给了路费。

李秀香根据六叔的意思回家穿了一件白底的绿叶高袖长衫，并包扎了两包中草药，鼓起勇气出门。

李秀香在步行的途中碰上了有去义乌的汽车就搭了上去，很顺利到达了义乌，然后出了南门，再走了几里路才到达目的地前洪村。

在村口，李秀香一时不知道怎么才能找到要找的人，甚是着急，正在徘徊之际，有一个小屁孩迎面而来，一双大大的眼睛看着这位陌生的姐姐，这时的李秀香急中生智，从口袋里拿出两颗糖果递给小孩子，并让他带路。

这个小孩接过两颗糖果后就很乐意地把李秀香带到要接头人的家门口，轻轻敲了一下门后，从里面出来一个和六叔描述一样的人，李秀香就问："你是赵芝逊吗？"

对方上上下下打量了一下李秀香，并没有马上回答，好一会儿，觉得面前站着的是一个本本分分的姑娘，也有点放松了警惕。

李秀香看着对方没有回答就举起手中的两包药说："先生，你不是要配两服药吗？我老板让我给你送过来了。"

"是，是。"对方马上从怀疑中意识到，边回答边点头，顺手接过了两包药，并不时地说谢谢，看着李秀香离开后就把门关上了。

这时天已不早，李秀香如果要回永康汽车已经没有了，只有打定主意步行回家。

当走到东阳时天已黑了下来，看不到路了，李秀香不得不找了一户人家借宿下来。

第二天，走了一天的路，回到前黄天已经黑了，六叔饭也没有吃，正在走来走去，着急地等待着，担心秀香出去这么长时间还没有回来，是否会出事。

当一看到秀香出现在面前，悬着的心才放了下来，激动得抓着秀香的两个肩膀，左左右右检查了好几遍，似乎出去两天就会缺少了什么似的。

到了后半夜，义乌前洪的赵芝逊同志接信后也来到前黄，接受组织的新任务。

1947 年上半年，李立倚让李昌伟找到李岩云，李昌伟一进门就把门关上，对李岩云说："立倚说你有工作的经验，组织上相信你，现在又让我交给你一个很重要的任务。"

"只要组织有需要，我是拼了老命也要争取去完成的。"

李昌伟听岩云说得这么干脆就拿出一沓钱说："现在路东办事处上蒋村蒋士骧的父亲急需一笔工作经费，必须马上送过去，组织上想来想去，只有你去比较放心，并让我来转交你。"

李岩云没有一点的迟疑，接过一大沓钱就用一张草纸包成一个果子包放在一只饭篮里，将饭篮一拎就出门了。

当走到孔村桥头时，柏岩土匪正在桥头巡查，李岩云先是一惊，然后做了一个深呼吸把心平静下来，镇定地擦肩而过，算是有惊无险地到了上蒋村。

到了上蒋村口，李岩云根本不认识要接头的蒋士骧父亲蒋懿德，也就无法直接找到他的住处，即使找遍全村也没有用，就向一个村民问路后才找到接头的人。

接头人蒋懿德接过李岩云送过来的经费后，就问："你怎么找到我的？"

"问你们村里人的。"李岩云回答。

"你在什么位置问的？"

"就在村口。"

"糟了。"一向警惕性很高的蒋懿德马上意识到问题的严重性，就三下五去二地从厨房拿了一个玉米饼塞给李岩云说："你马上从后门上山，一直往深山里走，不管这里有什么动静你都不要回头，我自己会应付，你走得越远越好，然后寻找一条路回去"。

李岩云出后门没多远，就从蒋懿德屋里传来一阵急促的敲门声，随后就是传来翻箱倒橱的声音，这时的李岩云心里十分的难受，一定是自己警惕性不高，随便问路，被一些不良的人员出卖了，后果真是不堪设想，越想越觉得自己办事不牢靠，要是给组织造成了损失的话，该作如何交待。

李岩云即使一口气翻山越岭跑了几十里的山路，也感觉不到肚子的饥饿，一个玉米饼始终捏在手上，到了找到出口才不自在地将这个玉米饼填到肚子里去。

敌人在蒋懿德家搜了一大通，摔了不少的东西，结果什么也没有搜出来，急得带队的人大骂报信人谎报军情。

其实蒋懿德把李岩云安排出去后，马上就把钱藏了起来，自己逃过了一劫，党也逃过了一劫。

国民党"双十节"前夜，金华、武义、缙云以及永康的城乡街头巷尾、路旁凉亭、村边大树上突然出现了什么？且看下一章。

第三十八章　三抗标语　铺天盖地

那是 1947 年 7 月，解放战争已进入中期，国民党陷入缺兵、少粮的资源匮乏期，到处征兵、征粮、征税，搞得人心惶惶。

7 月的一天上午，李立倚来到唐先三角店施金良的店堂前，施金良一看是李立倚就忙打招呼，并引到了后半间。

施金良妻子看到后马上拿出一把豇豆来到堂前，边择豇豆边守店，这是平时就约定好的配合看风把门工作。

李立倚对施金良说："当前国民党反动派反共反人民的气焰越来越嚣张，我们必须发动群众开展正当斗争，把敌人的嚣张气焰打压下去。"

正说着，堂前冲进了一阵国民党的团丁，其中一个领头的对着施金良的妻子说："你家有没有共产党的可疑分子进来，近来共产党活动很活跃，我们正在全力搜查，请你配合。"

施金良妻子面对国民党团丁的到来，先是一惊，然后马上镇定了下来，"我这种店那会有共产党来关注呀！"边说边站了起来，顺手将一把豇豆丢到后面去，然后国民党团丁就开始搜查起来，前前后后把整个店搜查了个遍，毫无结果。

原来施金良看到妻子丢进一把豇豆，知道是店前有事了，因为这是事先约好的暗号，就马上叫李立倚从后门出去，到隔壁饭店回避，因此安全躲过了敌人的搜查。

9 月，金华地区特派员应飞和永康工委根据当时永康的实际情况决定：为配合全国的解放战争，壮大人民自己的力量，首先以浙江壮丁抗暴自救军的名义，安排印制和张贴反抽丁、反征粮、反苛捐杂税的"三抗"标语。

党组织指定由李秀芝负责刻印工作，并派胡一元、黄光耀等人负责油墨、蜡纸、彩色纸张等印刷物品的采购。

李秀芝接到任务后，就在石塔下村的家里安排刻印工作，没过多久，发现村外的池塘边时常有几个陌生人一直在转悠，怀疑是国民党的暗探，为了防止意外，决定把刻印工作转移到古山前塘沿的胡玉仙家。

胡玉仙家就住在古山前塘沿的北角，有一幢不大的两层木结构小合院，房子由于年代久远，显得有点破旧，优点就是比较独立。

胡玉仙接到这个任务后，为了刻印工作的安全和保密，就把刻印工作放在楼上，雇用的工作人员也经过严格的审查，食住和生活也必须在楼上，碰上秋老虎，天气十分炎热，加之又在楼上，工作人员身上的汗水流得湿透衣衫，但也必须忍受着。

刻印工作过了几天后的一天，李秀芝突然发现有两个小青年要进来，先是一惊，然后就镇静下来，把两个小青年挡在门外。

这两个小青年弄得丈二的和尚摸不着头脑，怎么连自己的家也进不了，心里有点不服气，就强行要进去。

李秀芝为了安全起见就是不让进，接着就开始吵嚷起来。

这时胡玉仙听到下面有吵闹声起初也吓了一跳，以为碰到了不测，连忙让工作人员停止工作，自己整理了一下仪容下楼来。

看到两个小青年就笑着对李秀芝说："好了，这个是我的弟弟胡作堂，这个是我的堂弟胡作邦，都从学校放暑假回家。"胡玉仙逐个向李秀芝进行了介绍。

"不好意思，但这种警惕性也是我必须有的。"李秀芝拉着两个小青年的手解释说。

"这有什么不好意思的，都是工作的需要，来，回来正好，正缺人手呢，放下书包，开始工作。"胡玉仙一下子显得轻松起来。

李秀芝看胡玉仙放松的表情，相信这两个小青年一定是可靠的，也就同意他们帮忙做印刷工作。

由于天气太热，经过刻制的蜡纸印不了几张就会熔化，且印出来的效果很差，工作效率也不高，即使工作人员再努力，要在规定的时间内完成任务还有一定的压力。

在这种情况下，李秀芝及时地向上级党组织进行了汇报。

上级党组织马上找到在永康东库酱油厂工作的地下党员黄光耀，并通过一位与他相熟、名叫黄金兴的人，从城内租来一副石印的版子，当即就运到古山，经过黄金兴的技术指导，用石印代替了油印，印刷的效果很好，印刷的速度既快质量又好，况且劳动强度又大大地减轻，用不了多少时间成千上万张彩色的小型标语很快印制出来了。

印制出来的"三抗"标语运到东库酱油厂，由胡一元负责接收，为防止被国民党发现，胡一元将这些标语藏在酱油厂保温池的灶孔内，然后再分运到金华、武义、缙云及永康的各地。

"三抗"标语到了金华、武义一带后由陶健负责当夜组织人员进行张贴；舟山、石柱、前仓一带由黄光耀组织人员进行张贴；永康城乡由胡一元、李立倚负责组织人员张贴。

整个张贴工作只用了 10 月 9 日一个晚上，赶在国民党的"双十节"前。

10月9日下午，李秀香正在家里缝补衣服，六叔李立倚走了过来对李秀香说："你马上送一些标语到凌塘村支部，你与王月兰一起，必须在明天起床前将标语贴在四路、凌塘、张溪头和渔父里等村周围的要道、凉亭、人员集聚的地方，我已通知王月兰同志。"说着就很着急的样子等着李秀香放下手中的活。

　　这时的李秀香只是仰着头，一脸胆怯的表情看着六叔。

　　"快放下，尽快起身。"李立倚催着。

　　"我怕。"

　　"这有什么好怕的，现在革命的星星之火正以燎原之势遍及全国，永康的城乡各交通要道、凉亭、村庄，只要人群集聚的地方就有革命的标语出现，唯独凌塘村没有出现，张岭口村是你的夫家，你马上回去开展工作。"

　　"我一个女的。"

　　"一个女的就怎么了，王月兰同志也不是女的吗？她一直来还发动妇女做军鞋、送军鞋等工作，你不会向她学习？党员同志就是要服从组织，这是起码的原则，那里需要你，你就应该到那里去，如果这点都做不到的话，就请退出党好了。"没等李秀香把话说完，李立倚就严肃起来说。

　　六叔都说到这个份儿上了，李秀香也就起身接受了这个工作，一直工作到后半夜才结束。

　　10月10日一大早，金华、武义、缙云以及永康城乡路旁的村庄、凉亭、大树都贴上了红红绿绿的共产党宣传"三抗"的标语：

　　"我们要求生活下去，反对内战，反对抽丁，反对饥饿！"

　　"欢迎贤明的地主和我们联合，反对征粮征兵！"

　　"工农兵学商团结起来，反对蒋介石卖国独裁！"

"保安队的弟兄：你们也是壮丁抽去当兵的，赶快调转枪口，不要再为蒋宋孔陈四大家族当守财奴！"

"坏政府打共产党吃败仗，又要大抽壮丁，送上前线当炮灰，我们大家起来实行武装反抗！"

"乡保长拿出良心来，不替坏政府征兵征粮！"

"欢迎一切开明的国民党党员站到反内战、反独裁的民主阵线上来！"

"抗暴胜利万岁！独立、民主、自由的新中国万岁！"

……

这天刚好是永康县城的集市日，农民从乡下到县城赶集看到标语后，纷纷相互传说，共产党的游击队进城了，游击队要攻城了，国民党就要垮台了。

这天也是国民党的"双十节"，国民党县政府的人看到这突如其来的"三抗"标语后，急得就像热锅上的蚂蚁，县长郑惠卿更是大发雷霆，因为他知道，外面出现这么多的"三抗"标语，说出了老百姓心中的愿望，老百姓就会借机抗丁、抗粮、抗税，如果完成不了上级交代的任务就保不了头上的这顶乌纱帽，所以在当天的国民党纪念"双十"节大会上，县长下令城区警察全县戒严，就是挖地三尺也要找出张贴这些"三抗"标语的人。

城里有一个做印刷的老板听到这个消息后心中忐忑，坐立不安，如果不举报怕被查到会更加危险，去举报的话怕连累自己，因为这些"三抗"的标语一看就是他家的版子印出去的，不可能与自己无关。

老板恓惶无措如芒刺在身，是因为印制工作完成后，把石印版子送回时，没想到石印版子上残留的油墨没有擦洗干净，留下了印制"三抗"标语的痕迹，因此一听到国民党挖地三尺也要找出印刷这些"三抗"标语的人时，老板他才惶恐不安，怕惹祸上身。

地下党组织得到这一情报后也十分重视，一旦老板将此情况透露出去，后果将不堪设想。

为了防止意外，就及时派人去动员黄金兴马上离开永康，以确保断了这条线。

幸亏这个老板害怕连累自己，丝毫没有透出声息，一声虚惊才算过去。

李立倚在清渭街联络时被敌人盯上，是否有人搭救？清渭街、古山、芝英三大镇的征粮账册怎么会突然被烧？且看下一章。

第三十九章　百姓助力　烧毁粮册

那是 1947 年 10 月 21 日重阳节前。

重阳节是民间一个隆重的节日，家家户户不管条件允许或者不允许都要过一下，总之要比平时吃得好一点，最起码也可以不用下田干活。

节前的一天夜里，天下着雨，秋天的雨就是绵绵的，很温柔，但很有耐性，雨虽然下得不大，但总是不停，似乎要让每一滴水都让土壤、植物或者其他吸收，穿在身上的衣服也不例外。

雅庄的李水洪是一个地下共产党员，这天由于下雨，晚上来得匆忙，加之天气刚刚凉爽下来，一碰上空闲就会发困，就早早地上床睡觉了。

刚进入梦乡，从睡梦中就听到有敲门声，起先是一阵紧张，在那个年代，半夜三更敲门哪个不紧张的？有了地下工作经验的李水洪没有马上开门，只在门后细细甄别。

外面又传来敲门声，这个敲门声是柔柔的，觉得应该不是坏人，开了门，借着月光看见门外站着的人被雨水淋得落汤鸡一样，一时还认不出是谁，并没有及时地请进。

"我是立倚。"

"啊，怎么这么晚才过来？"李水洪边问边一把将李立倚拉了进去，看李立倚全身的衣服被雨淋湿透了，赶紧拿起自己的衣服给他换上，带到床上让他躺下。

"有什么情况吗？"李水洪问。

李立倚因为夜里行走疲劳没有回答，挨着床头就睡着了。

第二天早上李水洪去叫他起来吃早饭时，李立倚迷迷糊糊地说："昨天夜里一直发高烧，没有睡好觉，早饭我不吃了，让我再睡一会儿吧。"

李水洪只有摇了摇头，然后把这事告诉了母亲。

母亲煎了一碗生姜汤，让水洪送过去，李立倚喝了姜汤后又接着睡。

到中午后才起来，吃了半碗面条，休息一下又喝了一碗生姜汤，烧才退了一点，就断断续续地告诉李水洪一些事。

晚饭象征性地吃了一点，到了晚上八点左右，天已很黑，伸手不见五指，李立倚对水洪说："我要走了，要到另一个村去。"

"这样的身体怎么能行呢，再住一晚好一点后再走吧！"李水洪母子都在挽留。

"不行的，还有任务等我去联系，耽误不得。"李立倚坚持要走。

李水洪知道他认定的事是九头牛也拉不回来的，也只有随他去，母子俩望着李立倚走远的背景，李水洪心酸了，母亲的眼睛也被泪水包含着，只能默默地背过身去。

一日，胡一元回家看望父亲，父亲正与朋友胡继长在聊天，胡继长感叹地说："共产党在城里和乡下贴了那么多反抽丁、反征粮、反苛捐杂税的三抗标语，弄得老百姓都不肯交粮了，县政府陷入了严重的财政困难，连发薪水都有了问题，田粮处正在加紧催促各个乡镇提早开征。"

胡一元认为这个信息很重要，就把这一情况报告了应飞，建议采取有力的措施，破坏国民党提前征粮。

应飞与永康工委领导人研究后，拿出了一个新的行动方案。

10 月 31 日是清渭街赶集的日子，街上来往的人很多。

这个村的吕樟木是李立倚的单线交通员，联系相对比较多，如果工作的需要，李立倚也会伪装成亲戚在这里住上一晚，这次就是应永康工委的安排提前来到吕樟木家执行任务的。

这天早上，李立倚起床后，与吕樟木夫妇一起随便吃了点早餐后就出门了。

走到街上，一直警惕性很高的李立倚隐隐约约感觉到有人在跟踪，他就加快了脚步，机智地绕了几个弯，把几个跟踪的人甩掉。

李立倚甩掉那几个跟踪的尾巴后，回到吕樟木的家。

吕樟木家的门没有上闩，李立倚没有通过敲门就进去了，吕樟木见是立倚回头，大吃一惊，李立倚表面看十分镇定，但也看他有点着急。

就问："怎么了，刚走又回来，发生什么事了?"

"发现尾巴。"

"你赶快脱掉衣服上床，盖上被子，把脱掉的衣服放在蚊帐的里面。"吕樟木边说边关上门。

李立倚按照吕樟木的安排，三下五去二地完成动作，吕樟木把蚊帐放下整理了一下，刚转身，乡长胡文贞推门进来了。

乡长一进来没有与表姐夫吕樟木打招呼，就扫视了整个屋子，然后把眼睛盯在还没有收起帐门的床上，"大白天的蚊帐都没有收掉，什么情况?"边说边往床前走去。

这时的吕樟木吓出了一身冷汗，乡长没等吕樟木想出对付的办法，已经掀开了蚊帐，检查蚊帐没收的原因。

"表弟今天怎么这么难得上门来?"在里屋的妻子听到担任乡长的表弟来了，就匆匆地迎了出来，并边说边去沏茶。

"昨晚有人住你家里吗？"乡长听到表姐的声音就放下了蚊帐走过来对表姐说。

"有，有，是樟木下徐店的堂表兄弟，做衣裳的，好几年没有来过了。"

"有几个人？"

"三个。"妻子回答得十分干脆，免得引起怀疑。

"身份不明的人，不要让他住，听到没有。"

"听到了，我耳朵又不聋。"妻子边说边笑嘻嘻地把沏好的茶敬上。

乡长接过茶后就坐了下来，吹了吹浮在上面的茶叶，轻轻地喝了一口，一双大大的眼睛还在环顾着屋里的动静。

"近来有人说，你家里经常有一些陌生人进出，还常住在这里，你是我的表姐，千万不要为难我，否则我也没有办法的。"

"理解，理解，我会听你的，有事望表弟多多关照。"

那些乡丁看到是乡长的亲戚，没有得到搜查指令，也不好意思进行搜查，就站在一旁一动不动。

乡长喝了半杯茶，就一声不响地站起来走了，几个乡丁尾随着离开。

乡长走后，吕樟木夫妇真是捏了一把冷汗，心想乡长掀开蚊帐时怎么会没有发现李立倚呢？尽管蚊帐是黑色的，乡长的眼睛也不会次到这种程度吧。

"谢谢你们夫妻俩！"吕樟木夫妇俩的疑虑还没有解开，李立倚已从蚊帐里出来了。

"都是革命同志，谢什么。"

"哎，好奇怪，刚才乡长怎么没有发现你？"

"嘿嘿，你把蚊帐放下来，我就滚到蚊帐里面去了，你的蚊帐是黑的，所以他发现不了，骗过了这些草包，当时乡长坐下的时候，我真一动不敢动，憋了好长久的一股气，差点转不过气来。"李立倚说。

"这就好，要是今天你在我这里出事，我该怎么向组织交代呢?"吕樟木如释重负说。

"干革命工作，随时都有做牺牲的准备，这又不是第一次。"

吕樟木知道乡长是个诡计多端的人，不知道什么时候又杀个回马枪就麻烦了，应该多长个心眼。说着就安排李立倚在另一个屋里隐蔽起来，并与妻子耳语了一通，妻子就抱着女儿上街去了。

妻子在街上从上街逛到下街，又从下街逛到上街，一直到了傍晚妻子才回家报告说:"夜里上街殿、孝文祠没有岗哨，粮仓主任李德华睡在家里，好多人都去官塘下看戏了。"

李立倚听了这个信息后，觉得这是一个好机会，趁着夜幕的来临匆匆地离开了清渭街。

当夜，爱看戏的人都去官塘下看戏还没有回家，不爱看戏的人已经上床睡觉了，吕樟木正准备睡觉，忽听到后窗户上传来三声敲砖的声音，一听就知道是自己人发来的信号，迅速打开了门，见是李立倚和李文华，忙请进并关上了门。

李立倚告诉吕樟木说:"应飞同志亲自带领了五十名游击队员来到了清渭街，马上开始行动，你去带路吧。"

"这么好的机会不能错过。"李文华接着说。

吕樟木没有说话，开门走在前面。

不一会儿，游击队就包围了清渭区公署。

果真区公署里空无一人，游击队战士迅速打开边门，进入田粮所内，把全部征粮的单据都搬到区署外面的晒场上，一把火就把所有的粮册烧成了一堆灰烬。

烧了清渭区署的粮据后，应飞又率领游击队直扑芝英，把芝英的田粮单据也一把火烧了。

紧接着又直扑古山，把古山的粮据也烧得一干二净。

永康三大镇的田粮票据被烧后，老百姓奔走相告："共产党真是大恩人，真为老百姓着想，把粮册全部烧掉了，我们就不要交粮了。"

"游击队做事真秘密，来无影，去无踪，一夜工夫，把粮册全烧光。"

清渭街是个集镇，国民党反动派闻讯后气急败坏地调回联防队进驻，吕樟木考虑到这里尾巴多，耳目多，为了安全起见，就把接头的地点移到了寺后山的程榜眼坟庵。

古山有特务嫌疑，在敌区情报怎么送出去，统战工作怎么做，且看下一章。

第四十章　统一战线　团结联合

那是在 1947 年的秋天，李立倚从外面回来，关上门刚倒了一杯开水，没等坐下来就从门缝里插入了一个三角信。

李立倚没有打开门查看是谁，捡起三角信就拆开看，上面写着："应银堆（化名）在中美合作所接受特务训练后，突然潜回永康，勾结永康特务，搞了一批我地下党员和革命群众的名单，准备把永康党组织搞垮、打尽。"

信的下面没有署名，也没有时间，李立倚考虑到情况紧急，不管这人的信是真是假必须正确对待，如果是真的，那我们组织就会带来很大的损失，想到这些就水也没有喝，马上出了门，及时向党组织进行了汇报这个情况，党组织也觉得这事宜早不宜迟，马上派一个组织同志前往跟踪了解。

第二天这个组织同志就向组织汇报，应银堆回家后行动可疑，情况属实。

经党组织讨论马上做出决定：这是一个最危险的特务，必须在这个刽子手还没有把黑名单送给主子以前把他逮捕处死。

党组织的决定作出后，立即派人执行，清除了这个危险的特务，保护了党组织不受破坏。

一个早上，邻村溪边颜村口的华溪桥头有两个保卫团的哨兵早早地上岗了，大早上来往的人很少，哨兵闲着很无聊，年轻人的精神似乎也没地方去。

不一会儿，从前黄方向来了一个人，穿着过年穿的花衣服，头戴着一个大草帽，脖子上挂了一块白毛巾，肩上挑着两只小箩筐，走起路来俨然是一个小姑娘，要不就是成熟的少妇，两个哨兵看到后一下子来了精神，好像野狼见到了山兔，盯着两双发了蓝光的眼睛，不时地伸长脖子，想着这个姑娘靠近后怎么捡点便宜。

其中一个哨兵说："今天碰到肉吃了，等下好好搜一搜。"

"好的，把身上也搜她个遍。"另一个也跟着说。

那姑娘或者少妇的身影越来越近，两个哨兵垂涎三尺，好像两个人的身体都在发热。

待姑娘走到跟前，两个哨兵不约而同地倒退了三步，并不时地发出："滚，滚，滚"。

原来这个女的虽是十八零二，但脸蛋特别的大，况且脸上还有一个烫伤的疤痕，样子有点傻傻的，完全是一个丑女人的典型。

这个人李立倚特别安排的，由于当时接到一份重要的文件，必须在很短的时间内送到西溪桐塘头村，时间紧，任务重，而必须安全，就想了这个办法，找了一个为人老实、体格强壮，但脸蛋生得奇丑的姑娘，让她挑着一担内装玉米的箩筐去指定的地方找指定的人，让送信的人不知不觉地把送信任务完成。

1947年8月，中共永康县工委成立，李立倚担任工委书记，胡一元、黄光耀任委员，工委成立后就进行了分片工作的方法，李立倚负责古山、雅庄一带；胡一元负责城区；黄光耀负责云靖乡（今舟山），这样就开始脱产在各区域工作。

1947年底，李立倚接到浙东工委的指示：要求在"战前战后加强政治策略的灵活运用"，以达到"打击少数，争取多数，扩张结果，改变形势"的目的，"按今天浙东敌我力量对比，我还不可能一步把敌人的统治政权推翻"，但是，"今天的军事政治形势又使敌人的中下层，尤其是乡保基层政权两面派态度普遍形成，因此，我们今天有着一种必要与可能，把两面派斗争作为今天向敌人展开战略性攻势的一个重要策略"。

永康工委接到这一指示后就对各乡镇政权的情况进行了认真的分析，决定主动与一部分乡镇长交往，党组织进行了人员的分工，并选定古山镇镇长、芝英镇镇长、双麓乡乡长、云靖乡乡长等几个乡镇长先做工作。

古山镇、芝英镇是永康的大镇，镇长的一言一行都有着举足轻重的作用。

在一个雨天的下午，雨点虽不大，但地上的土壤已经饱和，古山镇镇长坐在祠堂的镇公所办公室里，初看是无所事事，一双铜铃般的眼睛一眨不眨地盯着从屋檐上滴下来的雨水，似乎在数着滴水的数量。

其实这时的镇长像油煎一样，十月三十一日应飞率领游击队烧毁了古山田粮处的粮据和粮册，造成征粮没有了依据，老百姓借机抗税，国民党县政府像催命一样，天天催得坐立不安，不知道如何是好。

办公室里静得可以听到老鼠的爬行声，外面的雨滴没完没了，就在这时镇长听到了敲门声，吓得镇长心都要跳出来，起身开了门。门外站着两个人，一个是镇长的老熟人、古山德高望重的长辈，镇长忙打招呼，然后看着旁边的一个陌生人，两只大眼睛与这个陌生人的两只眼睛对视着。老长辈及时介绍说："这是我的朋友，今天来我家，我想下雨天，镇长大人一定没出公差，就一起带过来熟悉熟悉，交个朋友，古话说得好，朋友多好办事，是否有打扰？"

"没有，没有。"镇长一边回答一边让座。

落座后，老长辈故意聊起了当前的政治形势，这个陌生人是一个地下党员，叫老李（化名），受组织的派遣来与镇长交往的，看准时机也插上几句，没多久镇长就失去了警觉，似乎一下子都变成了老熟人。这时镇长就叹了口气来说："现在这碗饭不好吃，这里粮册烧了，老百姓高兴了，可我的日子不好过，上面天天催粮，搞得我一点办法也没有。"

"算了，见风使舵吧，站到人民这边来，不要为国民党反动派卖命了，为人民做一些好事，给自己留一条后路。"老长辈劝说。

"你真是咳嗽落牙，说得轻松，我是骑虎难下，没有了退路，即使共产党赢了，会放过我吗？"镇长无可奈何地说。

"会的。"老李插嘴说。

镇长的一双大眼睛又一次盯着老李，好像是在怀疑，又好像是在着急地等待老李的回答。

老长辈终究是老熟人，一看就知道镇长的意思，就说："不要怀疑的，我这位朋友在共产党那边关系很铁，完全能说上话，你信吗？"

老李会意地点了点头，"老长辈说得对的，我不是吹，在那是能说上话的"。

"我们是多年的老朋友了，别怪我熟不知礼，我觉得回头是岸，有我这个朋友在，你还是借楼梯下楼好！"

镇长本来就有所动摇，事实也知道眼前是无法向上级交差，正是老鼠进了风箱两头受气的时候，如果现在有机会不下来，恐怕今后会没有机会，就说："我也不怕你们笑话，这几天一直很矛盾，不知如何是好？"

"这个就让我的朋友出个主意。"老长辈看着老李说。

"我听共产党那边的朋友说，只要与他们建立一个君子协定，双方保证互不相犯，并尽量为共产党提供一些情报，掩护共产党人的活动就行，这事可以包在我的身上。"老李说着就拍了一掌胸脯。

"老长辈是我最铁的朋友，你既然是他的朋友也就是我的朋友，这事只有我们三个人知道，我会尽量的，那边就拜托你这位朋友了。"镇长说。

"放心吧，这不是开玩笑的事。"

古山镇镇长搞定后，组织上派去芝英的也就不难了。

在达成互不相犯的"君子协定"的地方，地下党和游击队的活动就相对比较安全。

在 12 月 30 日，游击队袭击古山镇公所，就轻而易举地缴获了长短枪二十余支。

达德乡即雅庄一带，是当时永康地下党活动最频繁的地方，党组织了解到有一个思想进步、同情共产党的人叫李嘉韶，曾在国民党军政机关中任职，因为目睹了国民党官员的腐败，早已对国民党失去信心，所以辞去职务归隐乡下，发誓不再过问政治。

党组织认为，像达德乡这种地方如果有这样一个人物来担任乡长就具有特别重要的意义。

党组织就三番五次地找到李嘉韶，要求他出任达德乡乡长，李嘉韶最后被共产党的诚意所打动，答应以国民党乡长的身份，掩护地下党活动。

后来李嘉韶与永康最早的女共产党员陈珠玑结为伉俪，夫妻两人志同道合为党工作。

李昌如回家后与前黄的那几个人参加了第六支队，参加了什么战斗？战况如何？且看下一章。

第四十一章　武装斗争　打出军威

那是 1947 年 12 月李昌如彻底脱离国民党的部队后，李立倚获悉游击队正在金竹降一带活动，就带着侄子李昌如连夜从前黄出发，准备送他参加游击队，两人步行一晚上才到了金竹降。

金竹降在大盘山脉由东向西的纵深处，四面环山，住户十分分散，像茫茫大山中的一个个星星点点，处在云雾缭绕之中，没有四五个小时都无法到达其中的一个小点。

由于其独特的地理位置，是土地革命战争时期，中国工农红军挺进师第一纵队在特派员张文碧率领下进入永康，与中国工农红军第十三军第三团余部会师的地方。

1935 年冬创立了以金竹降、黄弄坑为中心的浙东游击根据地，建立了中共浙东特委。

在这茫茫的大山之中要寻找一支还不是很庞大的游击队，那不是一件容易的事情，尽管李立倚与当地的群众比较熟悉，也没有办法找到游击队，最后找到一个可靠的群众打听后才知国民党匪军正向这一带"围剿"过来，游击队已经转移，但是不知道转移什么地方。

知道这一情况后，李立倚决定暂时回家再等待机会（当时游击队和地方党组织在没有通信设备下，双方都各自活动）。

1948 年 2 月 17 日，是一个大年初八的晚上，阴天，夜色来得特别的快，李立倚把李昌如找来说："我已打听到游击队的下落了，你们马上准备一下，今晚就出发。"

这时的李昌如有点小激动，花不了多少时间就把堂兄堂弟及朋友李龙德、李亨顺、李顺昌、李岩高叫齐，一起来到李立倚的跟前。

李立倚一看都是健壮、有志的青年，什么话也没说，当晚就带着五个人前往游击队的驻扎地雅庄。

游击队接到报告后，立即派出一个短枪组到半路上迎接，这样五位青年就成为永康游击队的队员。

过了几天，是 2 月 21 日，正月十二日夜，浙江壮丁抗暴自救军第三总队第三大队六十余人在大队长应飞的率领下，秘密驻营在永康达德乡黄尚弄村。

第二天下午，大队长应飞正在分析大队的人员、武器等情况，岗哨突然进来报告说："国民党乡联队、保安队有二百余人，分别从山西孔、清渭街方向朝方山而来。"

大队长应飞接到岗哨的报告后，认为部队只有三十余支长短枪、一挺旧机枪，其中将近过半是新参军的战士和在地方工作暴露身份后刚刚撤到游击队来的共产党员，如果不及早占领有利的位置，就难以与这么多的敌人抗衡，说时迟，那时快，立即命令大队上山，占据山顶制高点，将一挺旧机枪交给有战斗经验的李昌如。

大队在上山过程中，旧机枪无故突然走火，暴露了目标，两路敌人一齐朝方山开火射击，大队两面受敌，大队长应飞不得不指挥大队仓促应战。

由于大队人员大半为非战斗人员，新战士又缺乏战斗经验，再加上敌人火力密集，战斗打得异常艰苦，局面对我方十分不利。

正在这时，第一中队中队长李文华认为这样打下去会牺牲好多的同志，就主动向大队长请战，要求率数名突击队员突围，李昌如是机枪手，负责机枪的掩护，一中队在李文华的带领下，居高临下向敌人冲杀过去。

当他们冲到低凹处时，敌人集中了火力向他们射击，使他们进退两难。

恰在此时，部队唯一的那挺旧机枪卡壳了，敌人知道机枪不响就疯狂地向突击队开火，突击队的处境变得更加恶劣。

在敌强我弱的形势下，突击队的两名战士牺牲，李文华不得不率其他战士撤回山上。

战斗持续了一个下午，敌我双方均不能有所突破，为了保存实力，应飞决定部队撤离，非战斗人员先撤，持枪战士后撤，游击队有序地撤出了战斗。

当晚，部队撤到胡库画眉岩附近的一个小村庄驻营。

在驻营的小村庄里，大队长应飞与李文华几个大队的骨干坐在一起对这次战斗进行了分析，应飞说："这次战斗是我们抗暴第三大队组建以来第一次与国民党军队摆开战场公开战斗，不同于以往的缴枪袭击，这对游击队战士是一次很好的锻炼与考验。"

李文华接着说："从这次战斗看，我们也暴露了一些问题，尤其是这些新战士，缺乏战斗经验，公然暴露身体站着向敌人射击，造成了不必要的伤亡。"

"主要是我们组建时间短，还没有给我们培训的时间。"应飞解释着说。

"刚才我点了一下人数，除了两个牺牲外，还少了几个人，据说是害怕而逃跑了。"李文华说。

"这些新战士缺乏对战斗的估计，心理承受能力差，这也需要一个过程，我们还是考虑一下，整个大队来一次整编。"应飞思考了一下后说。

到了 24 日，三大队在永康派溪吕村进行整编，将两个自卫中队合并为一个中队，中队长李西京，指导员胡一元，部队主要在永康东部活动。

6 月 4 日，根据浙东临委决定，在永康郎下村成立浙东人民解放军第六支队，支队长应飞，政委卜明。

支队下辖一个大队，大队下设一个中队，仍沿用抗日战争时期金萧支队八大队的番号，作为第六支队的主力部队，应飞兼任大队长，吴甫新任副大队长兼一中队中队长，副教导员兼一中队指导员陶然（董运谋），下设三个分队，一分队队长沈堂良、二分队队长吴琅汉、三分队队长李昌如。

全大队共九十余人，有轻机枪七挺、步枪六十余支，短枪十余支，另有一个短枪组、一个经济组。

大队成立党委，卜明兼党委书记，中队设党支部。

六支队成立后，为了鼓舞士气，尽快打开永康的新局面，支队领导决定布置打一场有把握的仗。

但是，这一仗在哪里下手是关键，这时支队长应飞胸有成竹地说："由于地下党武装转入隐蔽活动后，永康的反动势力又重新抬头，其活动就更加猖狂，活动气焰已十分嚣张，有情报，国民党永康县自卫队常备中队驻扎在灵岩寺，以此为据点，每天上午去俞溪头一带征兵、征粮，耀武扬威，欺压民众，下午又原路返回驻地，妄图切断四十四坑游击区同永康中部地区的联系，钳制游击队的活动，我们必须首先歼灭这股国民党武装部队，为今后的活动扫除障碍。"

当晚，部队就悄悄地转移到离俞溪头一公里左右的大箬坑村隐蔽下来。

6月6日上午，为了确保战斗的胜利，支队部进行一系列的部署，支队长应飞在部署会上说："民运组组长胡一元前往大箬坑村动员群众，组织担架队，保障后勤工作；工委委员黄光耀和胡一鸟负责侦察敌情；我与吴新甫、参谋李西京负责到实地勘探地形，马上分头行动。"

应飞说完就与吴新甫、李京西化装成农民的模样，前往预设的战场仔细观察了周围的地形、地物，并仔仔细细地画出了简单的平面图，确定了伏击地点、撤退等方案。

待一切准备就绪后，支队制订了详细的作战计划。

大家吃过中饭后，部队集中，政委卜明作了战前动员讲话："我们这一仗是支队成立后的第一仗，我们一定要打好、打胜，打出军威。"

接着应飞作了战斗布置说："战友们必须一切行动听指挥，由副大队长吴甫新首先打响第一枪，作为发动进攻的号令。"

战士们接到命令后个个士气高昂，信心十足。

不一会儿，应飞看到在山头负责瞭望的胡一鸟传来暗号，就知道敌人已从俞溪头方向开来，马上指挥部队迅速按分工进入九里畈南面一座小山坡的伏击阵地，严阵以待。

果然国民党永康县自卫队常备中队从俞溪头征完粮，正将粮食运回灵岩寺据点，走在最前面的是十多个身穿黄军装、肩背步枪的尖兵班，中间也有十来个人是短枪便衣队，最后是一批穿黄布军衣、背着步枪和机枪的士兵。

敌人大摇大摆、毫无防备地进入了伏击圈。

吴甫新举起快慢机，对敌人"砰"的开了一枪，并大喝一声："打！"随着一个敌人的应声倒下，六支队的机枪、步枪一齐开火，顿时枪声、子弹的穿梭声响成一片。

自卫队遭到这突如其来的袭击后，惊慌失措，乱成一团，看到有被打倒在地，就到处乱钻，扛机枪的忙伏在大路边，架起机枪进行顽抗。

六支队的战士们马上集中火力，对准顽抗的敌人连打了几排枪，看敌人招架不住就一哄而起，像猛虎下山似的冲向敌人。

顽抗的自卫队员见战士们来势凶猛吓得不敢恋战，连忙扭转身逃命。

六支队的战士们一边呐喊，一边紧追不舍，有的自卫队员见无法逃脱，便丢下武器，举双手投降，而一部分敌人则越过小溪侥幸逃脱，整个战斗打了不到半个小时。

六支队的战士们清扫战场时发现，这一仗击毙了国民党自卫队的九名官兵，其中一名是中队长徐义康，缴获机枪一挺、步枪九支、短枪六支，俘虏十余人。民运组组长胡一元带领担架队仔细地搜寻了战场，没有发现一个游击队伤员。

当晚，六支队在俞溪头召开群众大会，将国民党征来的几千斤粮食分发还贫苦百姓，群众欢欣鼓舞。

峡源坑村出现派别，准备购买武器进行械斗；桥头周村有地头蛇作恶。李立倚怎样处理？且看下一章。

第四十二章　打霸拔钉　大快人心

那是在 1948 年 6 月的一天，老立（地下党对李立倚的尊称）在陈安禄（地下党员）家。

到了晚上，陈安禄的侄子陈华富得到消息李立倚在叔父家，就悄悄地跑了过来，看时机成熟就对李立倚汇报说："峡源坑村有人为了自己的利益，搞拉帮结派，一派是以陈时昌的外甥李章云（又名李龙虎）为首的，另一派是我的表哥李采操（又名李忠月）为首的，闹得不可开交。"

正说着陈时昌也似乎闻到什么过来了，一进门听到陈华富提到他的名字就说："你又在背后说我的坏话了。"

"永康的地盘真少，说到谁，谁就到。"李立倚说着就拉陈时昌坐下，说："刚才在说峡源坑的事，你有听说吗？"

"我也是刚听说的，一派是我的外甥李龙虎，双方都是没有什么大不了的事，只是为了争个输赢，真不值得。"

"还听说双方正积极筹钱准备购买枪支进行械斗。"陈华富接着说。

"一个是你的表哥，一个是你的外甥，你们俩都做一下工作，一个村都是一家人，有什么大不了的事情需要动刀动枪？"李立倚对着华富和时昌说。

"就是呀，我也去说过，他还认为我这个做表弟的老三老四，大小不分，真拿他没有办法。"陈华富说。

"差不多，我那个外甥就是让娘宠坏的，大人的话一句也听不进去的，自认为平时有一帮狐朋狗友听他使唤，就不知天高地厚，谁的话也听不进去，这件事只有你帮个忙，一方面是你有文化，有知识，另一方面是自己的佛经要别人来念。"陈时昌也说。

"时昌说得有道理，否则后果难料呀！"陈华富说着就站起来给李立倚添了一下茶水。

李立倚看着两位都有难处，也知道他们俩都是组织同志，也不是有困难就推辞的人，就说："好的，这事搞不好就不是小事，我们应该认真地去对待，现在我们永康刚刚成立了革命武装——六支队，消灭了反共头子徐义康，革命形势很好，为了发展壮大我革命武装，尽快消灭国民党反动派，我们要发动更多的进步青年参加六支队，我们一定要解决好峡源坑的事，使之成为我们宣传群众、发动群众的一个良机，必须马上过去了解一下情况。"

"那辛苦你了。"

"什么辛苦，都是革命工作的需要，走，我们一起走。"李立倚说着就站了起来，拉着两位前往峡源坑村。

到了峡源坑村后，李立倚一行三人就以走亲访友的名义先找到了当地的小学老师（地下党员陈印杭娘舅）谈话，进一步摸清情况，然后驻进小学里，派人分头找来了当事人，然后把双方都叫到小学校，让他们的老师也一起参加。

李立倚语重心长地说："现在国内解放战争节节胜利，永康的共产党已成立了六支队，敌后游击队的规模已不断扩大，中国人民解放军是咱们劳苦大众的子弟兵，天下穷人是一家，一家人你就看着自己的兄弟在前线打敌人，而你们在家里搞矛盾，你们觉得于心能忍吗？一个村里人，早上不见晚上见，有什么利害冲突呢？如果一旦交手就是两败俱伤，谁也没有赚头，叫作牛相操，羊踏倒（死），高兴的是国民党反动派，你们要是有这勇气就去参加游击队，团结起来，去打倒国民党反动派，才能翻身求解放，我们穷人才能过上好日子。"

李立倚的话慢慢地化解了双方在心中结下的疙瘩，双方都觉得李立倚的话有道理，双双低下了头，借楼梯下台。

李立倚看时机已成熟，就接着说："你们如果想通了，就把准备买枪械的钱支援游击队，去动员你们的弟兄们一起参加游击队，用你们的勇敢和智慧一起去打国民党反动派，让我们的穷人站起来。"

这时双方都把头抬了起来，互相看着对方会意地笑了一下，并点了点头。

没过几天就有一批进步青年参加了游击队，成为光荣的六支队七大队战士。

前黄村的李文华与游击队那个威震敌胆的李文华同名同姓，曾多次被国民党反动派误抓，受过折磨，曾差点送了性命，体会过国民党反动派的手段毒辣，所以一见到那些人就害怕。

李文华的家与李立倚家是面对面，平时是要好的朋友，只是天生怕事，一直不敢参加革命工作，在家种田过生活。

1948 年 7 月的一天，天还很热，李文华等太阳下了山，正摆出桌子准备在门口吃晚饭，还没有来得及吃上一口，从公路那边来了一批国民党的兵，来势汹汹，前面的一个还扛着一挺机枪，后面跟着七八个端枪的兵。怕事的李文华马上收起了饭桌躲到家里，关上门蜷缩在门后，大气不敢喘一口，只敢在门缝里瞄一下外面的情况。因为知道国民党兵八九不离十是冲着李立倚来的，终究是好朋友，这几天他很忙，一回家就没有出门，在家做工作，今天国民党有可能得到什么李立倚在家的消息，特意来抓的。

果真，那挺机枪对着李立倚的家门口架着，还有几个人端着枪冲进了李立倚的家，不一会儿就从里面传出了乒乒乓乓的声音。

李文华马上意识到这次李立倚完了，已经把心都提到了嗓子眼上，不知如何是好。晚饭没心思吃，在坏人当道的天下，也想不出什么办法来，只能默默地祈祷。

不知过了多久，一直没有听到枪声，李文华以为李立倚连反抗的机会都没有，认定是被抓了。

天慢慢地黑了下来，野外好像倒了墨水一样，村里的人都关门入睡了，但李文华还在担心，有用没用终究是朋友。

"咚！咚！"就在静悄悄的时候，李文华听到了两声敲门声，吓得差点尿到裤子里，难道国民党又回过头来抓他吗？

李文华不敢开门，外面的敲门声继续，然后就直接推门进来了。

李文华一看进来的是李立倚，一下子似乎有点不相信自己的眼睛，擦了擦惺忪的眼睛，真真切切的，就一把拉着李立倚说：

"立倚，你没事吧。"

"我有什么事？我看你家的灯还亮着，就进来了解一下情况，吓着你了吧。"李立倚很镇定地说。

"你真把我吓着了，刚才，国民党兵没有抓到你？"

"共产党有这么好抓的吗？"

"那就好，你的胆子也够大的，真是不要命了。"

"文华哥，怕死还革命吗？我从加入共产党那天起，就把自己的人头挂在裤腰带上了。"李立倚看着李文华怕得这么紧张就风趣地说，随后就不慌不忙地在一条四尺凳子上坐了下来，习惯地将裤子挽到大腿根，放慢了语速说：

"文华，你不要怕，反动派是兔子的尾巴，长不了了，革命快要胜利了，最后失败的一定是国民党蒋介石，那时地方上的恶霸地主该杀的杀，该关的关，田地都要分给我们穷人耕种了。"

"你说的都是真的吗？"老实巴交的李文华还是有些怀疑。

"文华哥，革命确实很难，要想胜利，总得有人流血，有人付出牺牲，只有前仆后继，革命才能成功。"

"这几天国民党怎么这么猖狂，到处抓人，连某村的保长也天天到我们前黄来，连衣裳角都会打人了。"

"他们只不过是土匪朱长兴的两条走狗而已，这段时间是作最后的垂死挣扎，你等着看吧。"李立倚向李文华打听了这些情况后，连家也不回就离开了前黄。

某村有两个地头蛇，一个叫邹某某、一个叫陆某某，这两个人自从投靠了土匪朱长兴后，就横行乡里，无恶不作，充当土匪的密探，更为危险的是强砍公山的树木，置办枪支弹药，组织反革命武装，并公开叫嚣要与共产党游击队对着干，给前黄一带的共产党游击队活动造成很大的危害。

李立倚与武工队队长李文华决定拔除这两颗钉子，在行动前进行了充分的分析，认为某村与土匪老长的老窝金城坑相距六七里路，还相隔着一条华溪，只要行动迅速，即使土匪朱长兴得报也来不及增援。

7月9日，行动开始，当夜幕降临后，安排一个班武工队密切监视着华溪对岸金城坑土匪老长方向的动静，防止意外的发生。

到了半夜，接到行动的命令，行动班的武工队迅速冲向邹某某的宅院，包围了宅院并进行搜捕，结果扑了个空，邹某某不在家。

离村数百步远的地方有一个坟庵，坟庵住着一个女人，大家都知道是邹某某的情妇，李立倚和李文华进行了分析，邹某某很有可能会在那里过夜。

说时迟，那时快，不一会儿，武工队就出现在坟庵，敲门进去后，发现邹某某还在床上，看到武工队的十几条枪口对着，一贯威风的邹某某连忙滑下床，像一条狗一样浑身发抖着求饶，武工队员随即上前把邹某某五花大绑起来。

"邹某某，把枪交出来！"李立倚严厉道：

"枪？"

"说！"

"没，没有带来。"

"不老实，马上就毙了你！"一个武工队员把枪口对准邹某某的胸口比画着。

"饶命、饶命，我说，我说。"邹某某马上跪地求饶。

"放在哪儿，快说，否则我的子弹不长眼。"武工队员咄咄逼人。

"放在那边的石臼上。"

武工队按邹某某指供，从石臼里取出了他二十响的驳壳枪，然后命令他带路，找陆某某家，并让他喊话。

陆某某听到邹某某的叫喊马上就出来开门，武工队员一个箭步上前缴了陆某某的枪，并随手就把他五花大绑起来，陆某某做梦也想不到平时横行霸道的他就这样被武工队轻轻松松地擒住了。

当夜，武工队又把几个受这两个地头蛇引诱、置办了枪支准备跟随地头蛇的几个小青年抓了起来，并缴了他们的枪支，通过教育，让他们认识到错误后就放了，其中有一个是阿华嫂的儿子，李立倚要求把阿华嫂的儿子与邹某某、陆某某一起带走。

阿华嫂是一个多嘴婆，下贱的妇人，前不久非要认土匪老长的小老婆做干女儿不可，逢人便说老长是自己的女婿，还让自己的儿子跟着老长干，她自己平时喜欢烧香拜佛，并常来前黄约伴，约伴时也常会炫耀自己与老长的关系，无意中也会透露一些土匪老长的活动情况。

　　李立倚是想乘这个机会震慑一下阿华嫂，让这多嘴婆为我所用。

　　果真，阿华嫂知道儿子被抓，就像热锅上的蚂蚁，到处托关系，寻人情找武工队说情，李立倚就是不买这个账。

　　过了两天，武工队把邹某某和陆某某放在太平村处决了。

　　这下阿华嫂就更加着急，李立倚看时机已成熟，就答应见阿华嫂，阿华嫂说：“只要你们放了我的儿子，你们让我干什么我都答应。”

　　武工队放了阿华嫂的儿子后，她就只要知道一点土匪老长的活动情况就来和武工队通风报信，客观上成了武工队的耳目。

　　在严峻的革命形势下，李立倚在雅庄碰到了强敌，能否脱险？且看下一章。

第四十三章　立倚遇敌　壮烈牺牲

那是 1948 年 8 月的雅庄。

1948 年，浙东人民解放军六支队取得俞溪头大捷后，队伍不断发展壮大，武工队又连续多处打击地方反动势力，引起了国民党反动派的惊慌，国民党永康县政府先后六次向浙江省政府告急。

7 月中旬，衢州绥靖公署主任汤恩伯窜到永康，同军政头目策划"清剿"，并派 102 旅 1 团的兵力向永康游击根据地扑来，进行疯狂报复。

紧接着，曾戴过少将军衔的姚永安接任国民党永康县长，他一上台就采取一系列反共措施：实行乡镇自治和人员军事化；征集兵员，扩建地方反动武装，成立县自卫总队和县"清剿"委员会，自任主任和总队长；筹措"戡乱"经费，亲自去衢绥靖公署领来一批枪支弹药，部署兵力，实施"清剿"计划。

由于姚永安实行一系列"戡乱"反共措施，党和游击队的活动遇到了严重的困难。

8 月 17 日李立倚执行任务时路过前黄，就回家一趟，由于敌人疯狂搜捕，他已经很久没有回家了。妻子胡香云见丈夫回家，急急就烧了一碗鸡子索面，端出来后坐在丈夫的身旁，静静地看着丈夫，李立倚慢慢地吃着索面，脸色苍白，似乎没有胃口，胡香云就问："怎么了，胃病又犯了？"

"没有！"李立倚只夹了一只鸡蛋吃了一半，面也没有吃完就放下了筷子。

"立倚，在外面的日子很艰难吗？"妻子又不安地问。

"没有，天快亮了，这是黎明前的黑暗，现在处处都有陷阱，近几天又有几个联络点遭到破坏了。"李立倚叹了口气说。

"今天不走了吧，后天便是七月半了。"妻子深情地望着他说。

"不！情况紧急，马上就得走。"

"外面风声这么紧，你经常深更半夜的可要小心谨慎，你们人少，敌人人多，要是有个什么三长两短，我们孤儿寡母的可该怎么过呀。"妻子看丈夫态度坚决就劝说。

"革命就要有大无畏的精神，要不怕死，在最困难的时候要顶得住，干革命最大不过杀头，我死了还有同志们，你辛苦点，把几个儿女拉扯大就好了，没有吃的还有一亩田一片山卖了可以吃，有困难还有许多同志，还有党组织，革命很快就胜利了。"李立倚坚定而深情地说。

李立倚在家还不到一小时，就趁着月亮没有下山，急急忙忙地离开了前黄。

李立倚离开前黄后就来到在武义清溪整训的部队，传达中央指示精神，说："当前全国形势一片大好，并且越来越好，解放军在前方连连打胜仗，还准备在东北打大仗，以后还要往南推进，打败蒋介石，解放全中国。"

"现在农民都起来要求参军，要推翻蒋介石反动政府。"李立倚的话大大鼓舞了战士们对革命胜利的信心，士气越发高涨。

李立倚传达完中央的指示就召集几个骨干布置新的作战计划，说："根据情报，汤恩伯的部下要从陇海路南下，估计9月中下旬有百余人，要经过金华到武义老家，我们准备在武义白洋渡埋伏，这是他要经过的地方，要截住他们，到时只要我们的枪声一响，大家就冲过去，要狠、准、快，速战速决，打他个措手不及，两个钟头之内结束战斗，缴下他们的枪支和弹药，部队撤离战场，转移到雪峰山。"

"只要对人民有利，对党有利，我们大家就要一起干。"

后来，按照李立倚的计划，在武义与汤文中打了一仗，大胜。汤恩伯直叫："老家的土八路太厉害了，死不瞑目。"

遗憾的是，李立倚没能指挥这场战斗，没能看到这场战斗的胜利。

8月29日，李立倚来到雅庄李水洪的家，住了一晚，第二天上午让李水洪通知李俊前来谈话，九点离开，到另一村庄去做工作。

31日清晨，李立倚卷着棉被刚从野外回来，就得到报告说，大批敌军从八口塘方向朝雅庄村包围过来了。

这是反动派吕匪带领的自卫中队，足足有百余人。

李立倚完全有机会进村隐蔽，如果选择进村隐蔽，敌人就会进村搜捕，村中的横山经堂住着李文华、李秀芝、陈起水等同志，还有一个村的百姓，党的损失就会更大。

为了保护同志们和群众的生命财产安全，李立倚把个人生死置之度外，毅然转身向栋陇方向撤退，有意把敌人引开。

敌人发现他后，就狂叫着向他扑来，"抓活的，抓活的！"嗷嗷叫着向他包围过来，轻机枪加步枪的子弹像雨点般在他面前呼啸而过。

李立倚一面沉着后撤，一面用手枪不断地向敌人还击。

雅庄到栋陇之间有个山岗，过了山岗就是一片密林，陌生人是不敢进入密林的，李立倚熟悉这里的环境，只要过了山岗就相对比较安全，可来不及冲上山岗，敌人的一颗子弹突然击中了他的左腿，血像泉水般涌了出来，顿时左脚就失去了知觉，他只有一手捂着伤口，咬着牙往山上撤退。

可是由于失血过多，他爬不到几米便昏过去了。

嚎叫着的敌人步步逼近，这时李立倚本能地清醒过来，发觉要脱险已不可能，第一反应就是想起自己身上携带的党组织机密不能落到敌人的手里，便忍着剧痛，一下子滚到豆田里，以豆田作掩护，机智沉着地将随身携带的重要文件和组织名册撕碎，一口一口地吞到肚子里，把来不及吞下的文件用鲜血把文字毁掉。

等李立倚把随身携带的文件处理完，一大群敌人已逼近他，但始终不敢靠近，只是不断地嚎叫："缴枪不杀！缴枪不杀！"

"要缴我的枪，先杀我的头，共产党员是杀不完的！"李立倚厉声地回答。

"你这么精明一个人，什么工作不好做，要替共产党做事，冒着杀头坐牢的危险？"一个敌人还上前对李立倚说。

"为国家民族求解放，为劳动人民谋幸福，是共产党人的光荣，天下穷人是一家，你们不应该自己人打自己人，可惜你们还没有觉悟，所以敌我不分，如果你们有一天觉悟了就会调转枪口，也会跟共产党干革命的。"李立倚还是一字一句，理直气壮地把话说完，随着话音的落下，李立倚流干了身上的最后一滴血，倒了下去。

这时敌人才敢一窝蜂地冲了上来，靠近李立倚，当发现一无所获时，就用屠刀砍下了李立倚的头颅，并把头颅挂在县政府的墙上示众。

雅庄的老百姓听到李立倚被国民党反动派残酷杀害的消息时，整个村一片鸦雀无声，李水洪一家根本没有心思吃晚饭，一直坐着，呆若木鸡。

"水洪，你和文时、新泉设法在今晚十时前把李立倚的尸体处理好。"天黑后，李文华来到李水洪的家说。

"一定。"李水洪接到李文华的指示后马上与文时、新泉进行了商量，用十块白洋向李阿生买了一口为他自己准备的棺材，并叫村民李章路、李有来、李德寿等抬棺材。

等一切就绪后，李文华对参与这一任务的六人说："敌人有可能会埋伏在那里，等待我们前去收尸，到时我们就被动了，你们先在后面，我先去前面侦察一下，等我的暗号。"

不多一会儿，李文华送回了暗号，后面的六人迅速行动，待收殓完毕，马上就抬到西园乌立廊进行安葬，安葬停当，七个人向烈士李立倚默哀告别。

解放大军从金华来到永康，六支队怎么联络上？怎么去接管？且看下一章。

第四十四章　永康解放　欢欣鼓舞

那是在 1949 年的 5 月，浙东人民解放军第六支队驻扎在三十里坑的八字墙一带活动。

8 日，支队长应飞得到消息：中国人民解放军二野三兵团十二军三十四师在师长尤太忠的率领下，向南追歼国民党李延年兵团残部，以日行百里的速度奔向永康县城，拉开了解放永康的序幕，马上就动笔写了一封信，派胡一鸟火速送到上茭道，通过地下联络站送到尤太忠师长的手上。

尤太忠师长见信后，在信的反面写下"请游击队速回城里接管政权"十二个字。

应飞接到尤师长的信后，随即派陶健和方高两人骑着自行车随大军进城联络。

县城的地下党组织得到消息，立即着手发动工商界人士做好迎接解放军进城的准备。

此时，国民党驻永康的二〇三师六〇八团深知大势已去，无心抵抗，忙着布置往丽水方向抢运物资和弹药，并将驻扎在缙云和武义的该团所属二营三营紧急调回待命，准备随时逃离。

下午 3 时许，解放军抵达永康县城，在汽车站鸣枪驱敌，但是没见敌人有所动静。

原来，在解放军入城前两小时，国民党永康县长王泰来已率领国民党县自卫队和警察队往清渭街方向逃走了。

解放军发觉国民党驻永康二〇三师六〇八团正往丽水方向溃逃，立即进行追击。

在解放军的追击下，国民党军队乱作一团，丢下挑夫和行李四散逃窜，国民党六〇八团团长柳继元等也落荒而逃。

驻扎在县城娘娘殿的国民党六〇八团搜索连来不及逃离，派出便衣向解放军表示愿缴械投降。

至此，永康解放。

后　记

　　前黄，南宋永康状元陈亮的祖居地，革命老区村，大革命时期永康中心县委书记李立卓及众多革命烈士、老共产党员、老游击队员、老地下交通员的故乡，白区中的红色堡垒。改革开放后的金华市级小康示范村，省级特色精品村。

　　陈亮的祖辈就知道贫穷要挨打的道理，教育子孙想要富起来、强起来，就要爱国、诚信守义。受家族教育理念的影响，也就有了陈亮爱国主义和农商并举义利双赢的思想，这个思想唤醒千千万万沉睡的民众，虽然陈父易地而居，但是陈亮的思想永远留在了前黄，在前黄代代相传。

　　清末，前黄少年李立卓在永康读书接触到"龙华会"（同盟会的一部分），便埋下了革命的种子；在尝试通过教育救国、医药救国、实业救国失败后，在目睹上海"五卅惨案"后，他毅然加入了处于革命低潮时期的中国共产党。

　　1926 年，因革命的需要，李立卓回到永康，发展组织、开展农民运动、参加组建红十三军第三团（师）。1930 年，时任永康中心县委书记（管辖周边六个县），为协调永康红军和仙居红军的关系，途中被捕，受尽酷刑后壮烈牺牲。

　　李立卓牺牲后，其弟李立倚（1948 年牺牲）以教书为掩护，承继哥哥未完成的事业，带领家人、朋友、同村村民（先后有 30

多人参加革命，8人牺牲）前赴后继，一直到全国解放。

前辈的革命精神就像一面鲜红的旗帜，激励着一代又一代为理想和信念奋斗不息的热血青年，正因为有无数大义凛然的共产党员前赴后继，用鲜血和生命让中国人民站立起来，才有今天的繁荣昌盛和国泰民安。

改革开放后，前黄兴建了浙江金华地区第一个村办工业小区，把原在房前屋后生产的工业小作坊集中到工业小区进行生产，这是永康第一个经县政府批准的村级工业小区，村民的居住环境第一次得到了改善，成为永康县小康示范工程，1992年成为金华市小康示范村，1994年成为永康县第一批5个亿元村之一，人民富了起来。

历史的车轮滚滚向前。前辈们的英雄事迹须永远被铭记。正如习近平总书记在纪念红军长征胜利80周年大会上的讲话：长征永远在路上。一个不记得来路的民族，是没有出路的民族。不论我们的事业发展到哪一步，不论我们取得了多大成就，我们都要大力弘扬伟大长征精神，在新的长征路上继续奋勇前进。

陈亮状元的爱国主义思想唤醒了人民，李立卓等老一辈的无产阶级革命家抛头颅、洒热血让人民站立起来，改革开放后的改革先锋让人民富裕起来。

不忘初心，方得始终啊！我们的初心是什么？上海石库门、南湖红船，诞生了中国共产党，14年抗战、历史性决战，才有了中华人民共和国。共和国是红色的，不能淡化这个颜色。无数的先烈鲜血染红了我们的旗帜，我们不建设好他们所盼望向往、为之奋斗、为之牺牲的共和国，是绝对不行的。

本书在写作过程中参考和引用了中共永康市委党史研究室著的《中共永康党史（第一卷）》、永康市新四军研究会编的《李立倚烈士纪念文集》《应焕贤回忆手稿》、李一心编的《尘封的辉煌》等相关资料，得到了中共永康市委党史研究室、永康市新四军历史研究会、古山镇党委政府、古山镇前黄村、烈士和革命先辈家族及众多朋友的帮助和指导，在此表示诚挚的感谢！

本书肯定没有涵盖前黄村在那个时期的全部英雄事迹，只是起个抛砖引玉的作用，书中的内容和观点也仅代表个人，不当之处请大家批评指正。

作者

2021 年 4 月 16 日